PERISCO



# Memoria de dragón

Javier Negrete

# Memoria de dragón

edebé

Paseo San Juan Bosco, 62
08017 Barcelona
www.edebe.com

*Diseño gráfico de la colección:* DMB&B.
*Ilustraciones interiores:* Jaume Turón.
*Fotografía de cubierta:* Archivo edebé.

ISBN 84-236-5523-7
Depósito Legal. B. 39955-2000
Impreso en España
Printed in Spain
EGS - Rosario, 2 - Barcelona

*Para Mari Mar:*
*Tú cumpliste tu parte.*
*Y ahora yo he cumplido la mía.*

# *Índice*

# *1. El hombre de la tormenta*

Imaginad lo que sería un hombre sin corazón. No hablo en sentido metafórico, como si quisiera llamar al Sr. Storm despiadado o implacable (aunque era ambas cosas). No. Imaginad un hombre al que le faltaba físicamente el corazón. Un hombre que tan sólo tenía un hueco en el lugar en el que los demás tenemos ese infatigable músculo que bombea sangre setenta veces por minuto cada hora, cada día, cada año de nuestras vidas. Aquel agujero en el pecho no dejaba de recordar al Sr. Storm que una vez tuvo corazón, que en un tiempo fluyó por sus venas una corriente roja, tibia y espesa.

Podría objetarse que el Sr. Storm debería estar muerto. Pero, ¿quién iba a extrañarse de que viviera si en realidad nadie conocía su secreto? El magnate lo tenía tan bien escondido como el color de sus ojos, que ocultaba siempre tras los cristales de unas enormes gafas de sol.

¿Qué puede impulsar a seguir viviendo a un hombre que no tiene corazón? En el caso del Sr. Storm era un odio intenso, obsesivo y tan poderoso que nada tenía que envidiar a los latidos de un pecho normal. El objeto de su odio era la criatura que le había arrebatado su más preciado tesoro, y Storm no descansaría hasta acabar con ella.

El hombre que estaba esperando para ser recibido por el Sr. Storm, y que actualmente atendía por el nombre de Federico Lasso, conocía ese odio, aunque ignoraba las razones que lo alimentaban. Lasso no lo había notado en la expresión del millonario, ni en su mirada, velada por las gafas; lo había sentido en las mismas tripas la primera vez que se acercó a Storm, y agradecía que aquel aborrecimiento no estuviera dirigido hacia él.

En los treinta y cinco años de su azarosa vida, Lasso había recorrido más de veinte países y había tratado con personas muy peligrosas y con mucho más poder que el que pudiera tener el Sr. Storm. Y sin embargo, cada vez que tenía que entrevistarse con él seguía sintiendo un vacío en la boca del estómago. Era imposible verle los ojos, pero Lasso los imaginaba fríos e inexorables como los de un dios.

Storm lo había contratado a un precio muy alto para que rastreara a su enemigo, a medias como detective ilegal y a medias como agente secreto. Entonces Lasso había intentado utilizar sus habilidades para averiguar el pasado de su cliente (siempre investigaba a los que le contrataban). Todo el mundo suele tener puntos flacos: una juventud turbulenta, pasión por las apuestas, amantes con tendencia a hablar más de la cuenta... Lasso era un maestro en aprovechar esas debilidades para chantajear, presionar o simplemente para defenderse de clientes demasiado conflictivos. Pero en el caso del señor Storm, no había logrado obtener ningún tipo de información que pudiera serle útil, ni tan siquiera para entender su peculiar personalidad.

Algunos, los pocos que tenían acceso al Sr. Storm, le habían hablado a Lasso de su extrema palidez. Una atractiva abogada, muy observadora, se había extrañado de que en la blancura de mortaja de su piel no se le transparentaran las venas. Pero, sin conocer el singular secreto de Storm (¿cómo iban a verse unas venas que no llevaban sangre?), nadie daba demasiada importancia a estos hechos, que se antojaban bagatelas comparados con otras rarezas suyas.

Lasso se asomó a los cristales del recibidor, en el último piso de la torre Gaudí. A casi doscientos metros sobre las calles de Madrid, era fácil recordar cuánto le gustaban al Sr. Storm las alturas. O tal vez fuera más preciso afirmar cuánto detestaba la cercanía al suelo. Tenía tres aviones privados, y se sabía que en ocasiones había volado en ellos durante días enteros, pasando de uno a otro en rápidas escalas tan sólo por el gusto de alejarse de la tierra.

Lasso también había averiguado que el Sr. Storm poseía habitaciones, *suites* y plantas enteras en rascacielos dispersos por todo el mundo. La única condición que exigía era que dispusieran de helipuertos en sus azoteas. Ninguna mansión, ni casa convencional. Si podía evitarlo, no tocaba el suelo. Cuando no tenía más remedio, lo hacía con rapidez, levantando en seguida el pie, casi antes de haber pisado el pavimento con él, como si caminara sobre brasas ardientes y se concentrase para resistir un dolor insoportable.

Otra cosa que llamaba la atención del señor Storm era su gusto por las antigüedades. En sus diversas moradas abundaban joyas, cuadros, esculturas y objetos valiosos traídos de distintos países. Su valor artístico era irregular, pero todos ellos tenían en común esa pátina misteriosa y venerable que deja el paso del tiempo.

Por ejemplo, el centro del recibidor en que esperaba Lasso lo ocupaba una mesa de madera redonda, en la que un artista flamenco del siglo XVI había representado con todo lujo de detalles escenas de plagas y matanzas. También había una vitrina con vasijas griegas de figuras rojas y vasos funerarios blancos. Por lo poco que Lasso sabía de Storm, no creía que fueran imitaciones.

Lasso había indagado especialmente sobre las fuentes de la riqueza de Storm, pero eran un misterio impenetrable. Aunque tenía cuentas bancarias repartidas por todo el mundo, ninguna era tan millonaria como para atraer el interés o la codicia de ningún gobierno. Storm no invertía en grandes empresas, no poseía medios de comunicación, apenas especulaba con acciones, pero siempre que necesitaba dinero disponía de él en abundancia.

Sin ser amante de la ostentación, Lasso había observado que Storm no llevaba encima de su cuerpo nada que no fuera lo más caro o exclusivo. El oro parecía su debilidad: el pesado reloj, dos gruesos anillos (uno de ellos era un sello con el signo de un rayo), y hasta la montura de sus gafas. Oro y cristal negro: un contraste más bien chocante.

—Puede pasar.

Lasso se volvió, sobresaltado. Siempre le ocurría con los ruidos imprevistos (recuerdo de días y noches inciertos en más de una guerra sucia y en más de un continente). Volpiani, un hombretón con cuello de toro y rostro inexpresivo, que miraba a través de dos pequeñas rendijas, le estaba indicando el camino al salón.

El Sr. Storm le esperaba sentado a una larga mesa de cristal que había sido preparada para que alguien comiera en ella. Lasso entendió que aquel sitio estaba destinado a él. No era la primera vez que daba novedades a su cliente mientras almorzaba. Pero Storm no solía compartir la comida con él. Como mucho, picoteaba con desgana los platos que le ofrecía su cocinero, un anciano de procedencia indefinible que no parecía haber pronunciado una palabra en su vida.

Seguramente, obligar a comer solos a sus huéspedes era una forma de intimidarlos, pero a Lasso le daba igual. Con los gestos naturales y flexibles de un gato, se acomodó y examinó la mesa. Ésa era una de las partes mejores del trabajo. La infancia de Lasso había sido un tanto precaria y disfrutaba con el lujo. Con Storm lo tenía asegurado: el millonario comía siempre con cubiertos de oro, copas de cristal de roca, platos de porcelana y manteles y servilletas de seda que nunca volvía a utilizar una segunda vez.

Mientras Lasso daba buena cuenta de los entrantes

(paté, mollejas, pimientos rellenos), Storm lo observaba a través del triángulo que formaban sus finos dedos. Él ni tan siquiera tenía plato ni cubiertos. Una copa de vino era todo lo que se había dignado a compartir con Lasso.

Cuando el silencioso cocinero le sirvió el segundo plato, una lubina, Lasso empezó a sentirse inquieto. El Sr. Storm tenía algo en común con los hombres que han conocido el poder desde la cuna: podía permanecer perfectamente inmóvil y en silencio durante mucho tiempo, observando a su interlocutor desde detrás de los negros cristales de sus gafas con la serenidad de un emperador. Y sin embargo, Lasso sentía en él una energía interna que lo alteraba todo a su alrededor, como el campo eléctrico que hace que se ericen los cabellos cerca de una torre de alta tensión.

—Este pescado está realmente exquisito, Sr. Storm —dijo por fin, renunciando a mantener el silencio—. Es una lástima que no quiera compartirlo conmigo.

—No insista, Sr. Lasso. En este momento no me apetece. Usted coma…

Lasso estaba acostumbrado a observar y juzgar a la gente, pero, hasta para un profesional de la vigilancia como él, la edad de Storm era una incógnita. No era joven y tampoco parecía viejo. Poco más podía afirmar de él. Era de estatura mediana, tirando a alto, muy enjuto, aunque con una estructura ósea sólida y ancha. De los pómulos a las mandíbulas bajaban dos surcos rectos y hondos como cuchilladas; no había más arrugas en su pálido rostro.

El propio Lasso era un hombre de buena estatura y

complexión atlética. Su trabajo le solía llevar a situaciones peligrosas, y procuraba mantenerse en forma para poder afrontarlas. Además, aunque estaba a medio camino entre los treinta y los cuarenta, aún no había dejado atrás cierta vanidad juvenil, y le gustaba atraer las miradas de las mujeres. Su ropa era entre elegante y algo chillona: pantalones siempre un poco ceñidos, camisas y chaquetas de colores vivos, corbatas audaces. En muchos lugares, su físico le daba un aire de *latin lover* del que a menudo había sacado provecho.

En concreto aquel trabajo lo había llevado por varios países: Francia, Italia, Bélgica, Portugal, y, por fin, España, su país, al que no había vuelto desde hacía diez años. Al principio no le hizo demasiada gracia la idea de regresar, ya que tenía problemas con las autoridades. Pero el nuevo pasaporte y los retoques faciales que el cirujano le había hecho años atrás habían borrado su pasado como Jaime Uribe. Además, Storm pagaba muy bien. Tal vez lo bastante para permitirle el retiro en alguna isla del Caribe.

—¿Lo vio usted en persona? —preguntó Storm.

Lasso asintió, con la boca llena. Sí, había visto al hombre al que Storm llamaba «Iluyanka» (¿de qué país provendría aquel nombre?). Después de seguirle la pista durante quince meses, había logrado fotografiarlo en una estación de la frontera con Portugal. La imagen no había quedado demasiado bien; de todas maneras se la enseñó a Storm. Éste la sostuvo durante unos segundos y le pasó las manos por encima. Había aborrecimiento en esos dedos tensos, que parecían luchar contra el impulso de arrugar la fotografía y tirarla lejos.

—Sí, es él —dijo Storm, por fin, apretando aún más sus labios finos y exangües.

Por lo demás, no movió ni un músculo.

—Su hombre es increíblemente escurridizo —informó Lasso, con su voz empastada y su estilo florido, que le hacían parecer a veces un actor de culebrón—. Siempre que lo he localizado, se había producido en algún sitio no muy lejano un robo importante en una joyería, o en una iglesia, y hasta a veces en un museo; pero si usted no me hubiese avisado, jamás habría sospechado de él. Por lo que he visto, debe de trabajar solo, y no creo que disponga de alta tecnología. Pese a ello, no lo detecta ningún sistema de seguridad. Lleva siempre una vieja bolsa verde, que debe de estar repleta de objetos robados, y sin embargo no le piden que la muestre en ningún lugar: ni controles, ni fronteras. ¿Tan convincente es su amigo? ¿O es que andamos detrás de un fantasma que sólo podemos ver nosotros?

—Hay herramientas más poderosas que la tecnología —aseguró Storm, en un tono enigmático, formando otra vez un triángulo con sus dedos.

Lasso asintió respetuosamente y siguió con sus prolijas explicaciones. Después de perderle la pista varias veces, había descubierto que el sujeto en cuestión tenía como centro de operaciones una localidad extremeña llamada Tarpeya, a unos cien kilómetros de la frontera con Portugal.

—En realidad, he averiguado que vive en un castillo a unos veinte kilómetros de la ciudad; pero suele vérsele por Tarpeya. He hecho algunas indagaciones entre la gente de allí, y nadie ha sabido decirme gran cosa sobre él. Algunos lo llaman «el viejo de la bolsa», o «el loco de gris», como si se tratase de un mendigo y un borracho más del lugar. Pero ese hombre no me engaña, sé perfectamente que esconde algo más.

—Mucho más de lo que usted pueda imaginar, señor Lasso. Prosiga.

—Sí, señor Storm. Lo he visto tres veces por la plaza, e incluso le he seguido hasta ese castillo. Debo decir que no fue una tarea del todo fácil. Ese hombre camina tan rápido como un corredor de marcha atlética, y más de una vez tuve que apretar el paso para no perderlo por las cuestas que suben al castillo…

—Supongo que no entró usted.

Lasso dudó un segundo. En realidad, no había entrado al castillo, aunque lo había intentado. Pero cuando se encontraba a escasos metros de la enorme puerta de roble, oyó una voz muy intensa, que le advertía que sería una equivocación terrible por su parte pasar más allá de la entrada del castillo.

Y había tenido miedo. El mismo miedo que siente un niño ante la puerta de un cuarto oscuro: inexplicable, pero físico y real.

—No, no lo hice —contestó por fin, y añadió una media verdad—. He seguido escrupulosamente sus instrucciones y he procurado no acercarme demasiado a él.

Storm asintió y dio un breve sorbo a su copa de vino. Por un momento, Lasso vio cómo la bebida teñía de color levemente sus mejillas. Pero en seguida volvieron a palidecer. Quizás había sido una ilusión.

—Mejor —repuso Storm—. No quiero despertar sus sospechas. Hace mucho tiempo, estuve a punto de encontrarlo. Había contratado a dos perros de presa como usted, de los mejores...

—Supongo que debo tomarme lo de «perro de presa» como un cumplido.

—Tómeselo como quiera, pero no me interrumpa, por favor.

El señor Storm no elevó el tono de su voz ni hizo gesto alguno; pero Lasso tuvo la sensación de que en sus ojos, bajo aquellos cristales negros, se había encendido una luz muy extraña.

—Discúlpeme. Continúe, por favor, señor Storm.

—En aquel entonces había seguido su rastro hasta Checoslovaquia. También vivía en un viejo castillo, es algo muy característico de él. Pero mis hombres se precipitaron. Tal vez la culpa fue mía. Sabían lo que yo quería recobrar y, por halagarme o conseguir una recompensa mayor, entraron en el castillo antes de que yo les diera las instrucciones. Lo único que consiguieron fue espantar a Iluyanka.

Lasso intuyó en el tono del Sr. Storm algo que le hizo preguntar:

—Y a esos hombres..., ¿puede saberse qué les sucedió?

—Hubo un incendio en el interior del castillo. Fue extraño, porque sólo afectó a una pequeña parte de una de las estancias. La policía encontró allí los restos calcinados de dos hombres.

—Se refiere a… los que usted había contratado.

—Es de suponer. Quedaron irreconocibles y, como ya le he dicho, eso fue hace mucho tiempo.

Lasso siguió comiendo, sin dejarse impresionar. Había visto muertes en el pasado, algunas de ellas muy desagradables, y no podía negar su relación con ellas. De vez en cuando tenía pesadillas en las que alguien le infligía las mismas torturas que a él le habían valido en su trabajo. Entonces se despertaba con sudores fríos y náuseas, y trataba de pensar que todo tiene un final.

—Usted sabrá cómo hacer las cosas, señor Storm. Pero si me permite hacerle una sugerencia, ya que me paga por ello, creo que no debe de ser difícil introducirse en el castillo. Iluyanka suele ausentarse de vez en cuando, supongo que para llenar de oro su vieja bolsa. Por ejemplo, hace tan sólo dos semanas estuvo fuera durante un par de días. Podría haberme colado allí, o haber enviado a alguien para que hiciera ese trabajo. Si usted me dijera lo que busca, yo se lo traería. ¿Quiere todo el tesoro que debe de guardar ese hombre, o alguna joya excepcional, o en…?

—De momento no es necesario que lo sepa. ¿Ha terminado ya?

Lasso miró su plato, en el que aún quedaba la mitad de la lubina. Era una lástima, pero procuraba contestar «no» a Storm las menos veces posibles.

—De hecho, sí. No suelo comer mucho. Volveré a Tarpeya ahora mismo, en cuanto recoja las cosas del hotel.

Lasso se puso en pie. Volpiani, el individuo hercúleo que le había hecho pasar, ya estaba allí.

—Ha llegado el momento de preparar una trampa —le dijo Storm, sin abandonar su asiento.

Lasso se volvió desde la puerta.

—¿Una trampa? ¿Para cazar al tal Iluyanka? Lo haré. No creo que sea muy difícil.

—Más de lo que usted supone. No se deje engañar por las apariencias.

—Me da la impresión de que usted ya tiene algo preparado.

Storm se permitió una sonrisa casi imperceptible.

—Hasta el más poderoso de los enemigos tiene un punto débil. Sólo se trata de encontrar el cebo adecuado.

—Podríamos probar con oro, ya que Iluyanka parece estar tan obsesionado por él.

—No, eso sólo serviría para cazarlo fuera. Yo quiero cogerlo dentro de su morada. Necesitamos algo distinto, algo que, según se dice, no resulta fácil de encontrar hoy en día. Una doncella. Ella será nuestro cebo.

# 2. *La doncella*

Ni Lasso ni Storm sabían aún quién sería la doncella elegida, ni desde luego ésta tenía idea de que alguien pretendería convertirla en cebo para cazar a un antiquísimo enemigo.

Marta selló ese destino en el tren de Madrid a Tarpeya. Era consciente de que aquel viaje señalaría un cambio en su vida, pero no podía imaginar el extraño rumbo que iba a tomar de ahí en adelante.

Cambiar de ciudad es siempre cambiar de vida. Asomada a la ventanilla, por la que desfilaban los olivos, encinas y alcornoques de aquellos campos que las últimas lluvias habían pintado de un verde húmedo y esponjoso, Marta albergaba miedo y esperanza. Dejar un instituto para empezar en otro después de Navidades era una aventura que podía dar tanto buenos resultados como malos. También estaba todo lo que había dejado en Madrid: algunas amigas, o más bien conocidas; bastantes libros, por lo menos treinta, que su madre había prometido enviarle cuanto antes, y… su propia madre.

Su madre.

Con cinco años, Marta había aprendido dos cosas que determinarían su futuro: la primera era una habilidad, la de leer; la segunda, un hecho descarnado, que su madre no la quería.

La lectura acabó convirtiéndose en un refugio contra el desamor. Ahora, a sus dieciséis años, ya era capaz de pensar con cierta frialdad. Su madre hacía lo que podía, trataba de aceptarla, no era culpa suya si la mujer tenía el corazón tan seco, si cada vez que le daba un beso parecía sacárselo del hígado. Pero los libros seguían siendo el mundo privado de Marta, y en las fantasías que leía de madrugada, a la débil luz de la lámpara de su mesilla, vivía las emociones que no experimentaba en la realidad.

Marta abrió su bolsa de mano y sacó un cuaderno con tapas estampadas a la aguada. Con placer, acarició las páginas en blanco de su segundo diario. En ellas escribiría una nueva vida. Tal vez podría escogerla más de lo que había escogido su vida anterior.

El primer diario había sido la causa de la última riña con su madre. Marta no se lo había dejado a mano. Pero su madre era una experta en registrar bolsos, leer cartas ajenas y hurgar en armarios, coquetas y baúles. Marta guardaba el diario en el tercer cajón de su mesilla, debajo de la ropa interior. Su madre había tenido el descaro de dejárselo abierto encima de la cama después de leerlo entero. «Ella no tenía que haberlo leído», se repetía Marta, y aun así se sentía culpable por los adjetivos que había empleado en el diario. «Mezquina, egoísta, falsa mártir...» no era un repertorio agradable para una madre.

Ambas habían llorado mucho aquella noche, y Paco, el segundo marido de su madre, había salido del dormitorio a pedirles que le dejaran dormir, que al día siguiente tenía guardia en la farmacia. No era un buen recuerdo, pero al menos Marta le había dicho dos o tres cosas bien claras a aquella mujer que parecía considerar cada minuto que le dedicaba como una inversión que debería cobrar con creces en el futuro.

«Ayer estuve más de media hora hablando con tu profesor de Matemáticas. Espero que ahora me compenses ese tiempo ayudando más en la casa.»

Su madre se las había apañado siempre para hacer que se sintiera culpable por todo. Si a su madre le dolía la cabeza, la culpa era de Marta; si se le revolvía la úlcera, la culpa era de Marta; si no podían ir de vacaciones donde querían porque salía muy caro, si no le valía un pantalón de cuando era joven porque el parto le había arruinado las caderas, si no se había cambiado a otro piso más grande porque con ella tenía muchos gastos, todo era culpa de Marta.

Pero echarle en cara treinta minutos de charla con un profesor...

Con un suspiro, Marta sacó su estilográfica, se puso las gafas (sólo las usaba para leer y escribir) y, tras unos instantes de vacilación, inauguró aquel inmaculado diario:

*Domingo, 11 de enero*

*Empiezo este diario en el tren que me lleva a Tarpeya. No sé si voy a empezar una nueva vida o si sólo estaré allí hasta que acabe el curso. Depende de la ventolera que le dé a mi madre, como siempre.*

*Hace por lo menos un año que no veo al tío Germán, pero creo que estaré a gusto con él. Es diez años menor que mi madre, casi se puede decir que es joven, y sobre todo no levanta tanto la voz. No soporto que me griten todo el día.*

*Vanesa me dijo que vivir con un hombre iba a ser una lata, que son unos guarros y que me iba a tocar ordenarlo todo. A mí no me gusta limpiar para nadie, pero llevo no sé cuántos años limpiando para mi madre y nunca me ha puesto más que pegas.*

*Por lo menos, seguro que en casa de mi tío hay libros. Si no los tiene un profesor, no sé quién los va a tener. Por cierto, menos mal que él no me va a dar clase. Me daría mucha vergüenza que los demás supieran que es mi tío el que me ha puesto un notable (si es que logro sacar alguno).*

Marta se quedó observando lo que había escrito, lenta y meticulosamente (como solía ser ella cuando se tomaba las cosas en serio). Aquello parecía más una carta que un diario. No importa, se disculpó: un diario es una especie de carta para una misma.

En el otro extremo del tren sonó una tos que sólo cabía calificar de perruna, acompañada de unos ruidos muy desagradables. Marta sacudió la cabeza con de-

saprobación. Aquel hombre del jersey sucio le estaba amargando el viaje con sus mucosidades pulmonares.

Sin embargo, el pasajero que había subido a mitad de trayecto y que estaba a tres filas de distancia era otra cosa. Marta, que era muy fantasiosa, adivinaba en él una historia oculta y a buen seguro interesante. Era un hombre mayor, pero no podía decir que fuese viejo, ni siquiera para los cánones de alguien tan joven como ella. Llevaba una gabardina gris que no se había quitado a pesar de que en el vagón hacía calor, y debajo de ella un jersey y unos pantalones también grises. Era ropa vieja, ya pasada, pero estaba limpia.

A Marta le gustaba la cabeza de aquel hombre. Si hubiera sido escultora, la habría utilizado para hacer un busto. De hecho, el pelo y la barba tenían un aspecto tan duro que parecían cincelados en piedra, y los rasgos de la cara no desmerecían. Le recordaba vagamente a aquella estatua de Moisés que había visto en un libro de arte, pues tenía la misma fuerza en el rostro y en los ojos. Dos o tres veces se habían cruzado sus miradas, y Marta se había apresurado a apartarla. Pero le había parecido que los ojos del hombre eran tan grises como sus cabellos y que había una expresión muy rara en ellos.

(Con el tiempo se dio cuenta de que aquel hombre parpadeaba de una forma muy extraña. Pero en su primer encuentro, aquel detalle se le escapó.)

El viajero permanecía inmóvil casi todo el tiempo. Es raro ver a una persona realmente inmóvil, que no cambie de postura, o se acaricie la barbilla, o se hurgue en cualquier sitio desaconsejable cuando cree que nadie le está mirando. Pero aquel hombre sólo levantaba un poco la barbilla cuando se abrían las nubes y un rayo de sol caía sobre su rostro. Entonces cerraba los ojos y, aunque no sonreía, parecía sentirse a gusto.

A su lado llevaba una bolsa de viaje muy grande, de lona verde, que no había querido subir al maletero cuando así se lo sugirió el revisor. Su mano derecha, de dedos largos y fuertes, se encontraba todo el rato sobre ella, custodiándola.

La profesora de Literatura de Marta le había recomendado anotar todo lo que se le ocurriera. «Si quieres ser escritora, como me has comentado, no te sobrará nada de lo que vayas apuntando. Así aprenderás a observar y a escribir», le había dicho. De modo que volvió a tomar la pluma y añadió:

*Viajo con un tipo que tose como si tuviera tuberculosis y con otro que no se separa ni un milímetro de su bolsa. ¿Qué llevará dentro? No lo sé, pero tiene aspecto de pesar mucho. Se ve muy llena, y es tan grande que todo mi equipaje cabría dos veces en ella.*

Marta releyó con ojo crítico lo que acababa de escribir. Ni siquiera ella le encontraba demasiado sentido. ¿Qué pintaba eso en un diario? Los diarios deben reflejar emociones importantes, trascendentes y, si puede ser, tristes. Añadió:

*Ese hombre tiene aspecto de haber viajado mucho.*

Eso ya sonaba más personal. Vaya, había repetido «tiene aspecto» y «mucho». Pero no iba a llenar su diario nuevo de tachones. Ya procuraría mejorar el estilo más adelante.

*Da la impresión de que debe de hablar poco. Casi no le veo la boca, pues la tiene escondida entre la barba y el bigote. Pero no va tan sucio como un mendigo. Se parece al Moisés de (...)*

Ya lo rellenaría más adelante, cuando se acordase de consultarlo. Estaba casi segura de que era de Miguel Ángel, pero prefería comprobarlo para no equivocarse.

El revisor se acercaba por el pasillo, luciendo un mostacho como el que suelen lucir todos los revisores del mundo. Marta quitó los pies del asiento de enfrente demasiado tarde, pero el hombre fingió no haberla visto. De todas formas, la tapicería de aquel vagón de segunda estaba tan gastada que un par de pisotones más no podían dejar demasiada huella.

—La siguiente es Tarpeya, señorita, y estamos a punto de llegar —le informó el revisor.

—Muchas gracias.

Marta pensaba que la gente tendía a ser amable con ella porque su aire de despistada la hacía parecer incluso desvalida. Podría haber pensado que lo agradable de sus rasgos y de su sonrisa también tenían algo de culpa, pero a ella le costaba verse como una chica atractiva. Su madre también había cooperado en ello, siempre haciendo hincapié con falsa compasión en todos sus defectos y no resaltando jamás sus virtudes.

«Pobrecita, si tuvieras el pelo más negro. Lástima, si tuvieras un poco menos de cintura. Qué pena, si...»

El tren atravesaba una región escarpada, entre rocas y peñascos que rompían la tierra aquí y allá. La vía necesitaba un arreglo, pero a aquella comarca el dinero debía de llegarle más tarde que a las demás. El traqueteo hacía a Marta cabecear como uno de esos perritos que se cuelgan de los coches. Se dio cuenta y contuvo una risita.

El pasajero de las toses se había levantado para ir al servicio, y justo cuando pasaba a la altura del hombre misterioso una sacudida del tren lo hizo tropezar. Para evitar la caída extendió una mano y se apoyó sobre la bolsa. Dentro de ésta sonó un tintineo, como si estuviera llena de objetos metálicos que hubiesen entrechocado. El hombre misterioso levantó su mano derecha, como una garra amenazadora que advertía al intruso, y le miró torciendo el cuello con la brusquedad de un pájaro.

El hombre de las toses musitó una asustada disculpa y se alejó. Al volver del servicio, intentó pasar lo más lejos posible de la bolsa, pese a la angostura del pasillo. Marta pensó que aquello podía ser interesante para anotarlo, pero después se percató de que no sabía cómo expresarse o justificarlo y lo pasó por alto.

Entre dos túneles, mientras la vía corría sobre un elevado terraplén y cruzaba un puente de hierro, Marta tuvo su primera visión de Tarpeya. Fue tal vez un minuto, pero le dio tiempo para verla entera, extendida en el fondo de un valle, tal vez a unos tres kilómetros de ella a vuelo de pájaro. Le resultaba extraño abarcar con la mirada toda una población y aun así llamarla ciudad, pero su madre, en uno de sus raros arranques de humor, la había avisado de que los oriundos se enfadaban mucho si alguien utilizaba la palabra «pueblo».

A Marta le gustó de primeras, tal vez porque se veían murallas, casas antiguas y una catedral. Tenía color medieval. A Marta le fascinaba todo lo medieval: las piedras, las almenas, las ventanas ojivales, las estatuas cabezudas y con el cuerpo esquelético, como si no hubieran dejado de pasar hambre en toda la Edad Media. Tenía un libro de castillos y otro de caballeros y casi se los sabía de memoria. Le habían costado las pagas de varias semanas, pero como casi nunca salía, no había sido un gran sacrificio para ella.

Todavía tardaron unos veinte minutos en llegar, porque el tren tuvo que dar un largo rodeo y además aminoró su marcha unos kilómetros antes. Entraron por la parte sur de la ciudad, que se veía oxidada y ruinosa: casas viejas, hangares industriales y desguaces que deterioraban la buena impresión anterior. De pronto, Marta se sintió triste y asustada, y notó un dolor en el vientre que la hizo tiritar.

«Es la hora de la verdad», se dijo.

* * *

*Ésta es mi primera noche en la nueva casa.*

Marta se detuvo tras la primera frase. Había pensado en describir su nuevo hogar, pero sería mejor ir por orden y hablar primero de su llegada a Tarpeya.

*El tío Germán ha venido a buscarme a la estación. Me ha dicho que me veía muy cambiada y mucho más guapa, pero no sé si fiarme, porque sé que siempre les dice ese tipo de piropos a las chicas. Yo he estado a punto de decirle que lo veía un poco más gordo; al final he preferido callarme. De todas formas, como es tan alto lo lleva bastante bien.*

*Venía con él María Jesús, otra profesora del mismo instituto, que debe de tener algo menos de treinta años y da Lengua Española. Por lo visto voy a ser alumna suya. Parece un poco tímida, pero se esfuerza en ser simpática. Menos mal, porque yo sí que soy tímida. Me revienta no ser capaz de decir ninguna frase con más de cinco palabras. Espero que no haya pensado que soy tonta.*

*Al principio he creído que mi tío y María Jesús eran novios, pero no lo parece.*

Marta se detuvo y tomó aliento. (Cuando escribía siempre contenía un poco la respiración.) Le había dado la impresión de que María Jesús miraba mucho a su tío cuando éste no se daba cuenta. Podía estar enamorada de él, aunque Marta no sabría asegurarlo. No entendía mucho de esas cosas: nunca había salido con ningún chico. Todo lo más, Jesús Cortina había intentado besarla en una fiesta del instituto, y ella se había asustado y no le había dejado. Era una lástima, porque aquel muchacho le gustaba, pero diez minutos después de rechazarlo, lo había visto morreándose en una esquina con Nuria. «Los tíos son todos unos cerdos», le había dicho Vanesa para consolarla.

Marta prosiguió tras un suspiro. Suspirar era casi un vicio para ella, como para otra gente fumar o beber café con sacarina. (Su madre, por ejemplo.)

*Mi tío vive en un piso de cuatro habitaciones que es más grande que el que yo tenía en Madrid, pero está un poco destartalado. Sin embargo, no lo he visto tan sucio como me había avisado Vanesa. Para ser hombre, mi tío es casi ordenado.*

*Mi habitación es la última del pasillo y apenas tiene muebles, excepto el armario y la cama, pero seguro que mi tío no entra en ella sin llamar como hace todo el rato mi madre. Además, me ha dicho que mañana va a conseguirme una mesa y va a apretar los tornillos del somier para que no cruja tanto.*

Marta aprovechó para echar otro vistazo a la habitación. En su descripción se había olvidado de la cortina de cuadros, aunque casi mejor. Si había tres cosas en el cuarto, cada una de ellas parecía la más inapropiada para combinar con las otras dos. Ya intentaría ella darle un aire más personal.

*De todas formas, me ha enseñado otra habitación que le sirve de estudio y en la que tiene un ordenador y un montón de libros. (Por lo menos habrá doscientos. ¡Y yo que estaba toda orgullosa porque tenía treinta!) No le importa que estudie y trabaje allí, aunque esté él.*

*Me he puesto a mirar los libros. A María Jesús le ha extrañado y me ha preguntado si me gusta leer. Le he dicho que me encantan los libros sobre la Edad Media y sobre romanos y egipcios, y las novelas de fantasía, y se ha sonreído; creo yo que con un poco de condescendencia.*

Marta miró la última palabra con aire orgulloso. Le sonaba, pero como no estaba muy segura de que fuera correcta para lo que quería expresar la había buscado en un diccionario de su tío. Y había acertado.

María Jesús le había señalado unas cuantas novelas que según ella eran muy buenas, de autores que Marta conocía perfectamente por la televisión y los periódicos, pero que no le apetecía demasiado leer. Su tío tenía otros libros que le parecían mucho más interesantes: Tolkien, Asimov, Lovecraft... Precisamente tenía uno de este autor junto al diario, y estaba pensando en irse a la cama para leerlo. *El caso de Charles Dexter Ward* prometía ser aterrador.

*Voy a dejarlo por hoy. Mañana será un día difícil.*

Sí que lo sería. Marta era demasiado tímida, como bien sabía ella misma, y al día siguiente tendría que sentarse en una clase nueva y aguantar las miradas de treinta pares de ojos desconocidos. Más valía no pensar demasiado en ello, y una buena novela de terror era lo mejor para evadirse.

# *3. Argi*

Marta tardó mucho en dormirse, y tuvo sueños tan raros y llenos de tantos sobresaltos que al despertar se sintió como una alfombra apaleada. Su madre aparecía en casi todos ellos, llenándolos con su voz estridente, pero también había un lugar para el extraño viajero que había llamado su atención. En una ocasión, Marta pasaba por su lado, en el vestíbulo de un hospital en el que habían ingresado a su madre por una intoxicación de anticelulíticos o sacarina o algo así, y se tropezaba y caía sobre la enorme bolsa de lona que aquel hombre vigilaba con tanto interés. Se levantó y musitó disculpas, y su mirada se topó de frente con la de él.

En ese momento se despertó sudando, a pesar de que no hacía calor, y con el corazón desbocado. Había vuelto a ver algo muy raro en aquellos ojos, algo casi inhumano, pero no podía recordar qué era exactamente.

Un par de horas después, cuando por fin estaba durmiendo plácidamente, o al menos así le pareció a ella, sonaron en la puerta unos golpecitos producidos por los nudillos de su tío.

—¡Arriba, perezosa! No es cuestión de llegar tarde el primer día.

Había buen humor en la voz de su tío, algo con lo que no estaba acostumbrada a levantarse. Marta se aseó y se puso unos vaqueros, una camisa y un jersey para ir al instituto, y fue a la cocina. Sobre la mesa ya le estaban esperando unas tostadas, mantequilla y mermelada, y un café con leche.

—¡Puff! ¡Vaya desayuno! ¿De verdad esperas que me coma todo eso?

—Puedes dejar los platos y la taza intactos, pero lo de dentro hay que comérselo. ¿Qué sueles desayunar tú?

—Pues… un café solo con sacarina.

Su tío rompió a reír.

—Las manías de tu madre. Cuando tengas sus caderas, empieza a preocuparte por la línea. ¡En mi casa no quiero anoréxicas! Tengo a una alumna de baja desde hace un par de meses por culpa de la anorexia, y no es ninguna broma.

Su tío Germán no era tan insistente y machacón como su madre, pero por esa misma razón resultaba más sencillo hacerle caso. Marta descubrió que tenía hambre y que un alimento tan simple como una tostada podía ser un manjar a aquellas horas.

—Hoy no me toca entrar a primera hora, pero iré contigo. La verdad es que odio madrugar, así que tenlo en cuenta, ¿eh?

Germán hablaba con tan buen humor que Marta no le tomó en serio ni se sintió culpable por aquel pequeño favor. Como tampoco lo hizo cuando su tío le dijo que, por una vez, iría al instituto andando y no en coche, para que Marta pudiera aprenderse el camino.

La mañana era fresca, con un velo de nubes altas que difuminaban la luz del sol. Caminaron con ligereza. Su tío, entre las nubecillas de vaho de su aliento, le iba señalando diversos lugares para que reconociera el camino: el acueducto medieval que parecía romano; la mercería de la señora Celedonia, que tenía más años que una tortuga del Pacífico (ella y la mercería); la estatua del héroe tarpeyano que ayudó a conquistar no sé qué país de Sudamérica; el antiguo teatro, que llevaba tres años en obras esperando la gran reinauguración. Marta no tardó en perder la cuenta. Estaba a la vez adormilada y nerviosa, una mala mezcla para prestar atención.

—Ahí tienes mi instituto. Bueno, ahora es tuyo también. ¿Qué te parece?

El instituto era más viejo que el suyo de Madrid, y sin embargo estaba mejor cuidado. A Marta le gustaron mucho los jardines que rodeaban los pabellones, en particular uno que estaba cuesta arriba y era tan frondoso que a buen seguro el jardinero se tenía que abrir paso a machetazos. Había tres pabellones de aulas y uno de oficinas y despachos. Entraron al primero, donde estaba la clase de Marta. Los pasillos se veían llenos de chicos y chicas que contaban o inventaban sus últimas hazañas del fin de semana, mientras esperaban con indolencia la llegada de los profesores. Algunos fumaban, aunque escondían los cigarros al ver a Germán. Muchos tenían un pie apoyado en la pared, llena de huellas negras. Ésa debía de ser la marca de familia de todos los institutos de España.

Tío Germán la llevó hasta su clase y se detuvo en la entrada. Al momento Marta tuvo veinte pares de ojos fijos en ella. En ese instante hubiera querido que la tierra se la tragara.

Germán se acercó por detrás a un chaval pelirrojo, el único que no estaba mirando a la recién llegada, y le dio un pescozón. El muchacho se dio la vuelta con cara de pocos amigos, pero cambió de expresión al ver el profesor.

—Eh, tú, Zanahoria, ven para acá —le dijo Germán—. Esta chica es mi sobrina Marta, y ha tenido la desgracia de tocarle en la misma clase que tú. Mira a ver qué tal me la tratas, que no vaya a Madrid diciendo que aquí somos todos unos cafres.

—¿Así que eres sobrina de este individuo? —preguntó el tal Zanahoria con un marcado acento de la tierra—. Bueno, no tienes la culpa. Pasa para acá, que te dejaré el horario si quieres.

Germán se despidió de ellos y se fue al bar del centro, «a ver si me tomo la segunda dosis de cafeína del día y me espabilo», según dijo. El Zanahoria, mientras explicaba a Marta que era el delegado, y que había sido alumno de su tío, y que, por cierto, todavía tenía la Física pendiente, pero no le guardaba rencor, porque en el fondo Germán era un tío legal, y no como otros que se las daban de *guay* y luego no lo eran..., le enseñó la clase.

—Si no quieres sentarte sola, puedes hacerlo ahí con Argi, aunque no te lo recomiendo.

Marta miró hacia una de las ventanas, casi al fondo de la clase, donde un muchacho flaco y con gafas estaba concentrado leyendo una revista.

—¿Por qué no me lo recomiendas?

—Bueno, ya lo verás tú. Si no te has dado cuenta, para qué te lo voy a decir. La verdad es que yo me sentaría contigo en vez de con el plasta de mi compañero, pero si se entera mi chavala, que está en la clase de arriba, la hemos liado. ¡Menuda es ella de celosa!

Un remolino de gente en la puerta anunció la llegada del profesor. Marta dudó entre un par de mesas que quedaban vacías y la del llamado Argi, y, sin saber muy bien por qué, se sentó con éste.

—Hola.

Argi levantó la mirada de su lectura, una revista de divulgación científica, y apartándose el lacio flequillo, observó a Marta. Luego miró a los lados como si sospechara que le estaban rodando para un programa de cámara indiscreta.

—¿Y tú quién eres, tía? —preguntó.

—Me llamo Marta. Soy nueva en este instituto. ¿Te importa que me siente aquí?

El muchacho se quedó pensando un par de segundos, tal vez lo justo para darse cuenta de que una chica pretendía sentarse a su lado y de que, si no reaccionaba pronto, perdería aquella ocasión.

—¡No, no, por supuesto! Quiero decir, claro que puedes sentarte. Me llamo Argimiro, pero todos me llaman Argi.

—Ya me lo habían dicho.

—Chsss... Que viene la de Latín, y a primera hora trae muy mala leche. Ha tenido un crío que no para de llorar en toda la noche y, en cuanto te descuidas, la paga contigo.

La profesora de Latín dejó la cartera sobre la mesa, se quedó unos segundos mirando por la ventana, y por fin dirigió la mirada a la clase. Al momento reparó en Marta, y le preguntó quién era con tono de pocas amigas. Cuando supo que se apellidaba Mateos Riesco, cayó en la cuenta de que era la sobrina de Germán y cambió el gesto, pero con una sonrisa forzada que hizo pensar a Marta que su tío y ella no se llevaban del todo bien.

Durante el resto de la mañana, como era bastante observadora (al menos eso le había dicho su antigua profesora de Literatura), Marta estudió las reacciones de todos los profesores que fueron llegando, y sacó sus conclusiones sobre el grado de amistad que tenían con Germán. Por lo visto, su tío, en general, caía bien. Eso hizo que se fuera sintiendo mejor.

También se enteró de a qué se refería el Zanahoria al hablar de su nuevo compañero. Argi no parecía el chico más aseado del mundo, y eso, a aquella edad, solía traducirse en una peculiar mezcla de olores, por decirlo suavemente. Llevaba unas zapatillas de deporte con calcetines negros, unos pantalones con más lámparas que la capilla de una catedral, un cerco negro en el cuello de la camisa bastante revelador, y el pelo tan repegado que parecía utilizar su propia grasa como fijador. Lo único que tenía limpio eran las gafas, y eso no las hacía parecer menos feas.

Por todo aquello, Marta pensó en sentarse sola después de las primeras clases, pero, ¿cómo decírselo al muchacho sin ofenderle? En los descansos (había dos, después de la segunda y la cuarta clase) pudo comprobar que nadie tenía muy en cuenta los sentimientos de Argi. Había en particular dos chicas que no se cortaban a la hora de tirarle pullas al muchacho. Pero ella no era así.

En el segundo recreo, cuando estaba en la cafetería comprando chucherías (*gominolas,* chicles y otros objetos indefinibles), se le acercaron esas dos mismas chicas.

—No te sientes con ese pelmazo —le dijo una de ellas, una rubia un tanto rolliza (maciza, dirían los chicos) que se llamaba Ruth—. Ponte con Silvia y conmigo y te lo pasarás mejor.

Al menos, era una buena señal que otras personas quisieran su compañía cuando aún apenas la conocían. Marta se sentía rechazada con facilidad, así que agradecía aquel gesto. Pero por esa misma razón empezaba a darle pena aquel muchacho desgarbado y, por qué no decirlo, más bien guarro.

—¿Qué tal te va de momento? —le preguntó su tío, mientras se abría paso hacia la barra del bar entre la marabunta de alumnos.

—Bien. Los *profes* parecen buena gente.

—¡Ja, ja! Qué sobrina tan discreta tengo. Eh, María Jesús, a ver si tú también le pareces buena persona cuando le des la primera clase.

La aludida sonrió, mirando a Germán. Estaba tan cerca de Marta que ésta pudo ver cómo se le dilataban las pupilas al fijarlas en su tío. «Yo creo que sí que está colada por él», se repitió.

Volvió al aula antes de que sonara el timbre y vio que Argi seguía sentado, leyendo de nuevo. Pero lo que tenía ahora entre manos era una novela en vez de una revista. Marta le preguntó el título, y Argi, sin mirarla a la cara, se limitó a enseñarle la portada. Un dragón plagado de cuernos y púas sobrevolaba un bosque, echando fuego por las fauces, mientras un hechicero levantaba su vara, dispuesto a fulminar a la bestia. (Otra cosa era que lo consiguiera.) Se trataba del volumen de una serie de fantasía que Marta había visto en varias librerías, pero que no se había decidido a comprar.

—¿Te gustan los libros de dragones?

Argi hizo un gesto vago.

—Sí, bastante. Aunque éste no me está pareciendo nada del otro jueves. Donde esté *El Señor de los Anillos,* que se quiten todas estas imitaciones.

Marta exclamó entusiasmada:

—¡Es mi libro favorito! Me lo he leído ya tres veces.

Argi la miró por fin a la cara.

—Vaya, eso es tener buen gusto —reconoció—. Yo tengo en casa un *mogollón* de libros sobre fantasía y ciencia ficción. ¿Has leído…?

Charlaron durante un rato sobre libros, para descubrir que tenían gustos parecidos. Cuando terminaron las clases de aquel día, Marta había decidido que Argi le caía simpático y que no tenía por qué cambiarse de sitio. Aunque no vendría mal soltarle alguna indirecta para que mejorara su facha y, sobre todo, su aroma.

## *4. El ladrón de joyas*

La doctora Rojo tenía su propia consulta psiquiátrica en Madrid, en el barrio de Hortaleza, pero se había instalado hacía poco tiempo y aún la acuciaban las deudas. Su colaboración con la policía le permitía llegar con más holgura a final de mes y de paso encontrarse con casos fascinantes que jamás habrían acudido por su propio pie a su consulta.

El hombre al que iba a ver por segunda vez era uno de aquellos pacientes. El día anterior habían reclamado la presencia de la doctora Rojo en el centro para detenidos del barrio madrileño de Moratalaz. Un supuesto amnésico, le dijeron, sospechoso de un importante robo. Se había entrevistado con él por la tarde, en el pequeño y sobrio despacho que solían usar los asistentes sociales y que habilitaban para ella de vez en cuando. Los resultados no habían sido muy alentadores, pero ahora, veinticuatro horas después, esperaba obtener alguna información más de él.

Se trataba de un individuo de unos cincuenta años, barbudo, vestido con una gabardina gris, al que la policía había pedido la documentación en la estación de tren de Atocha. No llevaba ningún papel que lo acreditara, ni supo dar noticia alguna de sí mismo (un nombre, una dirección, el teléfono de algún familiar o amigo), de modo que procedieron a registrarle el equipaje. La primera intención de los agentes era ayudarle, pues al principio creyeron encontrarse ante un caso precoz de demencia senil o ante un hombre con amnesia temporal. Cuando quisieron cogerle la bolsa de lona que llevaba, el sujeto se puso violento. Su fuerza física era tal que para reducirlo tuvieron que acudir seis personas más, entre policías y guardias de seguridad de la estación. Una vez que lo inmovilizaron y lo registraron, los agentes descubrieron con estupor que la bolsa estaba llena de joyas. Kilos de oro, según le habían dicho a la doctora.

Los policías que interrogaron a aquel hombre no consiguieron averiguar nada de él. Ignoraban también la procedencia de las joyas, aunque prácticamente habían descartado que las hubiese robado en España. Frustrados, recurrieron a la doctora Rojo.

La psiquiatra estaba revisando las notas del día anterior cuando le trajeron de nuevo al sospechoso. Ella le invitó a que se sentara en la silla que había al otro lado del escritorio.

—Yo creo que pueden salir —les dijo a los dos policías que habían traído al hombre—. Trabajaré mejor si me quedo a solas con él.

—¿Está segura? —le preguntó uno de los agentes.

—Sí. No hay ningún peligro, no se preocupen.

Cuando se quedaron solos en el despacho, la doctora Rojo apartó un poco sus notas y se quitó las gafas. (En realidad, no le hacían demasiada falta, ni siquiera para leer, pero daban un aire de profesionalidad que a una mujer joven como ella le venía bien en su trabajo.)

Aquel individuo del que no sabía ni el nombre le resultaba curiosamente atractivo. Tenía aspecto de vagabundo, pero no porque estuviera sucio o desaliñado, sino porque su mirada, su expresión, hasta la forma de su rostro lo expresaban. Daba la impresión de haber viajado mucho, de haber visto infinidad de cosas que hubieran dejado su huella en él... Y sin embargo, no recordaba nada.

¿Se hallaba ante un farsante, dispuesto a pasar por enfermo mental para eludir la prisión? La doctora Rojo era joven, pero ya tenía cierta experiencia y había desenmascarado a más de un falso loco. Si aquel hombre fingía, lo estaba haciendo como un consumado actor.

—¿Podría decirme cómo se llama?

El sospechoso negó con la cabeza. La estaba mirando a la cara, pero sin verla, con los ojos enfocados mucho más allá, en un punto distante. La doctora Rojo tenía incluso la sensación de que estaban fijos en algún momento de un lejano pasado.

Pero, aunque como analista estaba acostumbrada a observar y mirar a los ojos, en el caso de aquel hombre prefería que sus miradas no coincidieran demasiado. Cada vez que las pupilas de él se fijaban en las de la psiquiatra, ésta sentía un extraño adormecimiento, como si aquel hombre tuviera la naturaleza hipnótica de una cobra.

—¿Eso significa que no quiere decirme su nombre? —insistió la doctora.

—Sería una grosería negarle algo a una mujer hermosa.

La psiquiatra hizo caso omiso del cumplido. Aunque no dejaba de halagarla en una voz tan limpia y bien modulada como la de aquel hombre.

—¿Significa entonces que no recuerda cómo se llama?

—Ésa podría ser una buena razón.

La doctora Rojo anotó: «Sigue sin utilizar el pronombre personal "yo" en ninguna de sus formas». ¿Era alguna manía, alguna fijación? ¿O simplemente que aquel hombre carecía del concepto de su propio «yo» y, por eso, no comprendía las palabras que sirven para expresarlo?

Le repitió alguna de las preguntas del día anterior: si recordaba su edad, su lugar de nacimiento, algo de su niñez. El resultado fue igual de desalentador: nada. La psiquiatra sospechaba que era extranjero. Aunque hablaba un castellano perfecto, no parecía hacerlo como si fuese su lengua materna. Daba la impresión de pensar en otro idioma. Para comprobarlo, le había hablado en francés, y él le había seguido la conversación perfectamente. También hizo un pequeño intento en inglés y el resultado, aparentemente, fue el mismo; aunque la doctora Rojo apenas chapurreaba el inglés y no podía asegurar que el sospechoso lo dominase realmente.

«Un vagabundo que no recuerda nada de sí mismo, pero que sabe idiomas.»

Tuvo otra idea.

—¿Se acuerda de mí? ¿Sabe quién soy?

Él volvió a sacudir la cabeza.

—¿No recuerda que hablé con usted ayer?

—Hablar con una mujer tan atractiva debería dejar un recuerdo, ¿no?

La doctora sonrió.

—Así que hoy le parezco atractiva. ¿Y ayer se lo parecía?

—Ayer, hoy... Son palabras distintas, pero el significado acaba siendo el mismo. El tiempo está congelado.

—Se lo preguntaré de otra forma: ¿ha hablado usted antes conmigo?

El paciente se encogió de hombros. Evidentemente, aquella pregunta lo confundía.

La doctora suspiró. Así que la amnesia de aquel personaje no afectaba sólo a su pasado lejano, sino también al más reciente. Apuntó: «Probable Kórsakov».

Se trataba de un síndrome de la memoria que se caracterizaba sobre todo por el olvido sistemático de los hechos recientes. La doctora había tratado ya antes con algunos casos: personas con un recuerdo perfecto de su pasado, pero que olvidaban al momento todo lo que les iba sucediendo en el presente. De sus prácticas de estudiante recordaba a un hombre de unos sesenta años con el que había hablado durante quince minutos. En ese cuarto de hora, el hombre olvidó más de diez veces con quién estaba conversando, y confundió a la doctora Rojo con una enfermera, con una prima suya de la niñez, con una antigua novia y con su propia madre. Años después había tratado a otro paciente que podía recordar los sucesos del día en el que estaba, pero que al irse a dormir los olvidaba todos. Cada mañana despertaba como una pizarra en blanco, en la que había que reescribir los últimos recuerdos: por qué estaba en el hospital, qué le pasaba, cuántos años tenía, qué les había pasado a sus familiares y por qué no venían a verlo.

Pero el caso de aquel hombre era más grave. Hay amnesias en las que los afectados olvidan fragmentos del pasado, a pesar de que pueden recordar todo lo que ha ocurrido después de la lesión. Hay otras, como el síndrome de Kórsakov, en las que se recuerda muy bien el pasado, aunque se olvida constantemente el presente. Pero ese hombre parecía haberlo olvidado todo, tanto el pasado como el presente, y renovaba ese olvido a cada momento. No sólo era una pizarra en blanco, sino que resultaba imposible escribir en ella. En realidad, era como escribir en el agua.

—¿Sabe usted leer?

—Las letras guardan muchos misterios y algunos engaños.

—¿Pero las entiende usted?

—El significado de lo que se escribe puede desentrañarse.

La doctora no sabía si sentirse frustrada o fascinada. Aunque conscientemente incluía el pronombre «usted» en todas sus preguntas, no conseguía que aquel hombre contestara «yo», o «a mí», o que utilizara al menos un verbo en primera persona.

Aunque, bien mirado, no era de extrañar que una persona desprovista de todo recuerdo pudiese no tener el concepto de «yo». Suele decirse que somos lo que recordamos. Alguien que no recuerda nada, tal vez no sea nadie.

—¿Tendría la bondad de echar un vistazo a estos test?

A lo largo de la hora siguiente, la doctora Rojo comprobó que las aptitudes verbales, numéricas y espaciales del sujeto estaban en perfecto estado. No sólo era así: sus resultados salían muy superiores a la media. Aquel hombre era, o había sido, muy inteligente. Y no se molestaba en ocultarlo. Si fuera un farsante, seguramente habría intentado hacerse pasar por retrasado.

Durante todo ese tiempo, ella le estuvo observando. Sus gestos eran pausados, muy económicos. Prácticamente no hacía ningún gesto inútil, y podía permanecer mucho rato inmóvil. Pero no tenía ningún defecto de movilidad: su coordinación era perfecta, el ritmo de sus manos fluido. Parecía interesado por los test, aunque cuando terminó con ellos volvió a quedarse mirando a la lejanía. O a la nada.

Después hicieron unas pruebas de asociación de ideas. La imaginación del sujeto era libre, amplia, y sugería una vasta cultura, que sin embargo se había perdido en el pasado.

El único dato de dicho pasado, la única referencia al ayer, fue cuando la doctora Rojo sugirió la palabra «ave».

—Volar... Es una maravilla volar —dijo el hombre, como si hablara de algo que hubiese experimentado.

—¿Ha volado usted alguna vez?

Quizás allí hubiera algún recuerdo del que pudiera tirar para arrastrar a los demás.

—Dominar el aire es privilegio de los hijos de la tierra. Quien quiso moverse en las alturas sin contar con la tierra fue abatido, y su orgullo humillado.

La psiquiatra intentó anotar la respuesta, pero se perdió a la mitad. Por suerte, estaba grabando la entrevista en vídeo.

No consiguió nada más con la asociación de ideas. Decidió probar con un ataque directo.

—¿Por qué robó usted las joyas?

Él la miró sin entender.

—Usted fue detenido con una bolsa llena de joyas. ¿No las había robado usted?

—El oro puede llevarse de aquí para allá, aunque es mejor juntarlo. Es más útil si forma un buen montón.

—¿Ah, sí? ¿Y para qué?

—Dormir en oro es cómodo.

La doctora enarcó las cejas, sorprendida. Por supuesto, había tratado con pacientes que daban respuestas mucho más absurdas. El problema de aquel hombre era que sus ocurrencias resultaban extrañas, y a pesar de ello tenían cierto sentido.

«Un sujeto fascinante», se dijo.

—Voy a enseñarle algo que llevaba usted encima.

Aquélla era la señal convenida. Poco después, la puerta del despacho se abrió y un fornido policía pasó al interior con el equipaje del sospechoso.

La propia doctora se puso en pie, cogió la bolsa, la colocó sobre la mesa y la abrió. Le había sido difícil obtener la autorización para utilizar las joyas en su examen, pero al final había logrado convencer al teniente de policía. «¿Qué peligro puede haber en este cuartel tan grande? Hay suficientes agentes aquí como para detener a toda la banda de Al Capone», bromeó.

No podía sospechar lo que iba a ocurrir.

Cuando abrió la cremallera de la bolsa y el oro se reflejó bajo el fluorescente del techo, los ojos del sospechoso cambiaron de expresión. Donde antes había habido mansedumbre, distracción, incluso cierta cortesía, apareció un brillo de codicia animal.

—¡Mío! ¡El oro es mío!

La doctora pensó que debía anotar: «Por fin usa el pronombre de primera persona». Pero no tuvo tiempo. El sospechoso dio un violento empujón al policía, que se estrelló contra la pared, y aferró la bolsa con sus largos dedos.

—¿Qué está haciendo? ¿Se ha vuelto…? —protestó la psiquiatra.

El hombre la miró a los ojos y entonces la doctora se quedó en blanco.

* * *

Por fin, tras varias semanas de darle vueltas a lo sucedido, los implicados en aquel asunto decidieron echar tierra por medio. Puesto que no sabían de dónde procedían las joyas y no les había llegado ninguna denuncia, hicieron como que nunca habían existido.

El agente de policía golpeado tuvo que guardar cama unos días; por suerte, su columna no sufrió graves daños. En cualquier caso, no recordaba qué hacía tirado al lado de la pared. Nadie había visto salir al sospechoso. Por alguna extraña razón, todos los agentes que había entre el despacho y la salida del cuartel (y se trataba de una larga distancia y de muchos agentes) debían de haber mirado hacia otro lado cuando el hombre pasó junto a ellos.

Resultaba increíble, aunque no tanto si se examinaba la grabación de vídeo. Allí aparecía la doctora Rojo, perfectamente reconocible. Pero en el lugar que debía ocupar el rostro del sospechoso, sólo aparecía una mancha gris. Y sus palabras no habían corrido mejor suerte: no había una voz articulada, sólo un murmullo ininteligible que ni los técnicos de sonido lograron descifrar. La cinta fue guardada en lo más profundo de algún archivo, o destruida: nadie quiso hacerse responsable de ella.

En cuanto a la doctora Rojo, permaneció casi un mes en el hospital, en un estado *catatónico* del que sólo salía para farfullar palabras incomprensibles. Por suerte, acabó recuperándose y no le quedaron secuelas del incidente. Aunque no recordaba nada de la entrevista con el ladrón de joyas. Y nadie hizo demasiado por refrescarle la memoria.

## 5. *Otra vez el Hombre Gris*

Durante unas semanas, la vida de Marta transcurrió con cierta placidez. A decir verdad, por comparación con la que había llevado en casa de su madre, casi podría haber dicho «felizmente». El nivel del instituto no era demasiado diferente del suyo, y además su tío la animaba mucho para que estudiara. Animar para él no era dar voces («¡¿qué haces con esa novelucha en vez de estar con un libro serio?!»), para luego mandarla a un recado inacabable justo la tarde antes de un examen, y después echarle en cara los suspensos y mirar a otro lado para no ver los sobresalientes. (Todas ésas eran prácticas habituales de su madre.) No, su tío se lo ponía todo fácil cuando había exámenes, y prácticamente no le permitía hacer nada en la casa: él barría, salvo debajo de las alfombras; limpiaba el polvo, muy someramente; planchaba, como si no lo hiciera; y hacía la comida, en eso era bastante bueno. Además, se sentaba a menudo con ella para ayudarla con las asignaturas, y si no sabía algo, lo consultaba con alguno de sus compañeros, sobre todo con María Jesús, que para las letras tenía una cultura casi enciclopédica. (De hecho, hacía unos años había ganado en un concurso de televisión los tres millones con los que se había comprado un coche.)

Por primera vez en mucho tiempo, Marta sentía que le importaba a alguien. Incluso cuando tuvo la gripe, se permitió el lujo de ponerse un poco melindrosa y echarle cuento, ya que comprobó que tanto su tío como María Jesús (que, para no ser su novia, pasaba bastantes horas en casa) se preocupaban por ella y le ponían el termómetro, le llevaban leche caliente, queso fresco y jamón de York a la cama, y le preguntaban qué tal estaba sin un mal gesto. Después, por supuesto, Marta se sintió culpable por haber exagerado, pero no dijo nada a nadie.

* * *

En cuanto a las clases, estuvieron amenizadas por la llegada de un nuevo profesor de Inglés, que venía a cubrir una baja por maternidad. El recién llegado, Federico Lasso, era un hombre de unos treinta años, alto, atlético, muy moreno y de ojos intensamente negros, que vestía más como el relaciones públicas de una discoteca que como un profesor. Ya en la primera clase suscitó el arrobo de las alumnas y la tirria de los alumnos, sobre todo de los que tenían puesto el punto de mira en alguna de sus compañeras.

A Marta también le resultaba atractivo, pero no lo

manifestaba con tanto entusiasmo como Ruth y algunas otras chicas tan desinhibidas como ella.

—Pero, ¿de verdad que no has visto qué culo tiene? Por un hombre así sería madre soltera —aseguraba Ruth en el bar del instituto, con la boca llena de gusanitos.

—No está mal —reconocía Marta—, aunque creo que se lo tiene un poco creído.

—Di que sí —intervenía Argi, que desde que se sentaba con Marta había empezado a ir a la cafetería en el recreo y a hablar un poco con los demás compañeros—. Ese tío es más artificial que la oveja Dolly.

—¡Envidia cochina, que ya quisieras estar tan *buenorro*! —le espetó Ruth.

—¡Pero qué dices tú! Si es que sois unas pardillas, que picáis con el primer cebo. Mirad, el tío llega así, se sube a la tarima, se pone los pulgares en el cinturón para marcar paquete y os mira a todas como diciendo: «Nenas, aquí ha llegado vuestro macho».

Marta se rió de buena gana, tanto por el comentario de Argi como por la pinta que tenía con su cuerpo de espantapájaros imitando a Lasso.

—Y cuando le preguntas algo y se inclina sobre tu pupitre, sacando tríceps y mirándote tiernamente a los ojitos, para decirte con voz susurrante: «¿Cuál es tu problema, Ruth?»

—¡Mi problema es que quiero que me haga mujer! —chilló la aludida, poniendo los ojos en blanco.

—¿Cuántas veces quieres que te hagan mujer? —preguntó con sarcasmo Silvia, otra del grupo.

—¡Bah! Lo que he hecho hasta ahora sólo ha sido

una imitación, esperando al hombre de mi vida. ¡Hacerlo con críos de tu edad es como seguir siendo virgen!

Marta enrojeció. El descaro de Ruth le resultaba divertido, pero a veces era demasiado grosera. Por su parte, Argi se marchó refunfuñando que las chicas se creían muy maduras cuando lo que eran...

—¿Qué ha dicho? —preguntó Silvia.

—Algo que termina en «ollas» —contestó Ruth—. Pobrecito mío, quién será la que haga hombre a ese desastre.

De pronto dirigió una mirada pícara a Marta. Ésta se ruborizó aún más, temiéndose cualquier ocurrencia de su compañera.

—Aunque gracias a ti ya no es tan desastre. ¿Cómo has conseguido que se lave? Ahora huele a colonia que tira para atrás, pero por lo menos es respirable.

—Pues... se lo insinué con mucha delicadeza.

Y aún así, recordó Marta, Argi se había puesto colorado y ella se había sentido culpable durante varios días. ¿Tal vez la gripe había sido provocada por un ataque agudo de culpabilidad? El caso es que, al volver a clase tras casi una semana de baja, se encontró con que Argi parecía otra persona. Aunque su gusto en la ropa seguía siendo más que discutible, venía más aseado: se había afeitado aquella ridícula pelusa de la cara, no traía manchas en los pantalones ni cercos en las camisas, llevaba el pelo limpio y hasta olía a colonia (barata, pero nadie es perfecto).

—Yo creo que está enamoradino de ti —dijo Silvia, con el peculiar deje extremeño.

—Dejadle en paz, que es buen chico.

—Un poco rarito sí que es.

Marta tenía que reconocer que Argi resultaba chocante y contradictorio. Lo mismo le traía un libro para que lo leyera, sin que ella se lo hubiera pedido, que le soltaba cualquier *bordería* sin venir a cuento, sobre todo para meterse con Madrid y los madrileños. Sus cambios de humor eran inexplicables. Y en las notas, alternaba los dieces con los ceros, incluso en la misma asignatura, para desesperación de los profesores.

—En confianza —le había dicho María Jesús, mientras tomaba café en su casa—, ese muchacho no anda del todo bien de la cabeza, ¿no?

—Yo creo que está un poco más para allá que para acá —intervino Germán—. Pero no debe de ser tonto.

—Para nada —le defendió Marta—. Lo que pasa es que si se está leyendo alguna novela que le gusta, le da igual tener un examen al día siguiente. Hasta que no acaba el libro, no para.

—Y luego pasa lo que pasa —dijo María Jesús—. Es una lástima que en el temario de Literatura no entren Tolkien o Asimov, porque si no Argi sería una eminencia.

—A mí también me gustan.

—Sí, pero tú estudias si tienes un examen.

—Es que las chicas sois mucho más responsables que nosotros —repuso Germán—. Menos mal que habéis venido al mundo para rescatarnos a los hombres de nuestro natural desastre.

María Jesús tenía tendencias feministas, y Germán disfrutaba mucho chinchándola con comentarios punzantes y, sobre todo, con chistes machistas con los que conseguía que hasta la tímida Marta acabara tirándole cojines a la cabeza. La verdad, reconocía a veces, cuando se iba a acostar, es que se lo pasaba bien con todos ellos. No tenía ningún deseo de volver a Madrid...

* * *

Que la vida en Tarpeya era muy distinta de la de la capital le resultó evidente a Marta desde el primer día. El profesor de Griego (un hombrecillo ya casi al borde de la jubilación, pero muy vivaracho y que venía a clase todos los días con pajarita o, al menos, con corbata) les había hablado de la ciudad de Atenas, y Marta encontraba curiosos parecidos entre la ciudad griega y Tarpeya.

Por ejemplo, los antiguos atenienses eran muy aficionados a salir a la calle a la mínima excusa, y en ello les ayudaba el clima, que era muy benigno. Los ciudadanos solían dirigirse al ágora, y allí hacían algunas compras sin importancia y aprovechaban para dedicarse a su auténtica afición: charlar. Los tarpeyanos tenían el equivalente del ágora de Atenas en la Plaza Mayor, que era vagamente rectangular y estaba rodeada de porches a los que asomaban tiendas y bares de todo tipo. Allí, entre compras, cafés y vinos, los tarpeyanos pasaban buena parte del día hablando, paseando, observando y saludándose cinco veces seguidas. (En una ciudad tan pequeña no era raro encontrarse repetidamente con la misma persona.) Cierto es que Marta se imaginaba a los atenienses en sesudas conversaciones sobre filosofía, arte, mitología o la última guerra contra los espartanos, mientras que los tarpeyanos eran más amantes del cotilleo local. Cuando la conversación pasaba de los límites de la ciudad, solía ser sobre fútbol.

A Marta le gustaba pasear por la plaza a media tarde, de modo que se presentaba voluntaria cada vez que había que comprar alguna minucia en casa. Ella aún no era muy conocida en Tarpeya, así que no tenía que cumplir el ritual del saludo constante y podía dedicarse a observar a la gente. A veces se sentaba en uno de los bancos de piedra que había en el centro de la plaza y tomaba notas con un lápiz minúsculo en un cuadernillo no mucho mayor. (El diario y la estilográfica los tenía reservados para sus impresiones más importantes.)

Un día que pasaba bajo un pórtico, tras echar un vistazo a la cartelera del cine, vio a alguien que le resultó familiar ocupando su banco favorito. Se quedó un rato pensativa. Sabía que conocía a ese hombre de antes, y que entonces le había llamado la atención, pero le costaba recordar quién era y por qué se había fijado en él.

¡Ya está! Era aquel viajero del tren que parecía guardar algo tan valioso en su pesado bolsón. Marta se acercó de lado y con precaución, como si temiera espantarlo. El hombre seguía llevando la misma gabardina gris, los mismos pantalones grises, el mismo jersey gris. A decir verdad, todo en él parecía gris.

Hacía buena tarde, y el Hombre Gris, como ya lo había bautizado Marta, disfrutaba de ella. La muchacha recordó que en el tren lo había visto en una actitud similar, levantando la barbilla para aprovechar los rayos del sol y completamente inmóvil.

A Marta le hubiera encantado acercarse a él con la libreta y decirle: «Perdone, es que quiero ser escritora y me parece que usted podría ser un personaje muy interesante. ¿Le importaría contarme su historia?» Hasta fantaseó unos segundos con la idea, pero ni aunque hubiera sido menos tímida se habría atrevido a actuar así. Era una lástima, se dijo, que las convenciones sociales impidieran abordar a un desconocido sin ser presentado anteriormente. ¿Cómo cambiarían nuestras vidas si pudiéramos hablar con las personas que nos parecen interesantes? ¿Cuántos matrimonios, cuántas amistades nuevas y felices se crearían?

Marta estaba a unos diez metros a la izquierda del Hombre Gris, y había muchas otras personas en la plaza. Sin embargo, él debió de reparar en el atento escrutinio de la muchacha, porque volvió la mirada directamente hacia ella. Marta se quedó paralizada, como si la hubieran sorprendido en una acción vergonzosa, incapaz siquiera de apartar los ojos.

El Hombre Gris arrugó un poco la nariz, como si estuviera olisqueando algo. Después vino lo más extraño: levantó su mano derecha y la dejó extendida con el dorso hacia arriba. Una paloma (una de tantas que revolotean por la plaza y que huyen no bien se les acerca alguien) vino a posarse sobre ella. El Hombre Gris miró a la paloma y ésta volvió a alzar el vuelo. Sin saber muy bien por qué, Marta levantó su mano. Ante su asombro, la paloma se posó en ella.

—¿Qué mensaje me traes? —preguntó Marta, pero la paloma se limitó a mirarla durante unos segundos, inexpresiva, y después voló para reunirse con sus alborotadoras compañeras.

Para entonces, el Hombre Gris se había levantado del banco y se perdía por una bocacalle. ¿Cómo podía haberse movido tan rápido?

Definitivamente, era un buen personaje para cualquier relato.

# *6. El castillo de Raposas*

A finales de marzo empezaron a ocurrir una serie de sucesos extraños. Argi le preguntó un día:

—¿Te gusta montar en bici?

—Bueno, no soy ninguna figura, pero por lo menos no me caigo. En Madrid es difícil ir en bici, si no quieres que te pille un coche o que el humo te asfixie.

Argi la miró casi con cara de pena.

—Es una de las ventajas que tenemos los de pueblo, que podemos montar en bici por donde queramos.

—Hace mucho que no llamo pueblo a Tarpeya, así que no hace falta que te pongas tan susceptible.

—En realidad, lo que quería decir es que aquí se puede ir a sitios muy interesantes con la bici. Yo suelo darme una vuelta los sábados por la mañana. La verdad es que he encontrado lugares increíbles.

Ahora que iba conociendo un poco a Argi, Marta supuso que trataba de invitarla a que le acompañara a una de sus excursiones. Pensó que se merecía una recompensa, ya que había tenido el detalle de mejorar su aspecto y no ofenderse por la sugerencia. Además, sería interesante visitar los alrededores.

—Mi tío tiene una bici en el cuarto trastero; bueno, más bien en el cuarto que tiene hecho un trastero. Y no me importaría hacer una excursión algún día que haga buen tiempo.

La cara de Argi se iluminó por un momento.

—¿Sí? Conozco un sitio que seguro te va a gustar. ¿Has oído hablar del pueblo abandonado de Raposas?

Al oír la palabra «abandonado», la naturaleza fantasiosa de Marta se despertó.

—Pues no. No me digas que aquí tenéis pueblos abandonados, como en el Salvaje Oeste…

—Raposas lleva abandonado… qué sé yo, cuarenta años o más, desde que hicieron el pantano de Maestres.

—¿Qué pasó exactamente? ¿Que quedó sepultado por el agua?

—¡Mucho mejor! El pueblo se conserva intacto, pero el agua lo rodeó y lo convirtió prácticamente en una isla. Como los habitantes se quedaron sin tierras para cultivar, tuvieron que largarse de allí, así que Raposas se convirtió en un pueblo fantasma. Ahora tiene un aire misterioso que te encantará. Se llega por un camino que está fatal, así que los coches no pueden entrar y casi nunca te encuentras a nadie por ahí.

—La verdad es que promete.

—Pues aún no te he explicado lo mejor: hay un castillo.

—¡Un castillo! Y no me digas que se puede entrar…

—En Atacerca, el pueblo de al lado, dicen que es mejor no intentarlo. Cuentan que los pocos que lo han hecho nunca han vuelto a ser vistos —añadió Argi, casi en susurros.

—¡No me digas que tiene una maldición! —preguntó Marta, cada vez más interesada.

Argi se encogió de hombros y volvió a hablar con voz normal.

—Supongo que se cuentan historias de ese tipo en todos los lugares. Pero yo no creo en las maldiciones.

—Vaya, resulta raro en ti, con lo que te gusta la fantasía.

—Sí, me gusta la fantasía, aunque no creo en ella. Una cosa es leerse una novela y otra tragársela, ¿no crees?

—Supongo que sí, pero a mí me gustaría que algunas fantasías fueran reales.

—Una soñadora, ¿eh? —Argi la miró con una sonrisa de suficiencia—. Pues ya tienes edad para ir enterándote de qué va la vida.

«¿Y tú me lo vas a decir, *Jamfri Bógar?*», pensó Marta, pero se mordió la lengua.

—Bueno, ¿me vas a llevar a ver ese castillo o no? ¿Está muy lejos?

—Se tarda unas dos horas en llegar. Si salimos temprano el sábado, podemos estar de vuelta a la hora de comer. ¿Te parece bien?

—Perfecto.

—Pues el viernes lo concretamos, según cómo esté el tiempo.

Argi se dio la vuelta y se marchó, sin añadir nada

más. Marta pensó que aquel muchacho todavía tenía que mejorar en muchos aspectos. Pero al menos, lo iba haciendo. Ahora la colonia barata había dejado paso al desodorante. A cantidades industriales de desodorante, y es que ya se sabe, en todos los inicios suele haber excesos.

* * *

Pasó la semana, y aunque el miércoles amenazó con llover, el tiempo mejoró el fin de semana. El viernes quedaron.

—A las ocho en la puerta del instituto.

—No seas cruel, a esa hora no han puesto las calles.

—Vamos, tía, no seas perezosa, que ya te he dicho que el pueblo está lejos.

—A las ocho y media, venga...

—Bueno, a las ocho y media, pero no tardes, que ya sé cómo sois las mujeres.

«Como no sea por los libros», pensó Marta. Aunque no dijo nada, pues tenía que reconocer que ella tampoco sabía demasiado de los hombres.

A Marta le gustaba quedarse leyendo por las noches, y eso convertía el acto de levantarse por las mañanas en algo casi heroico. Cuando el despertador sonó al día siguiente a las ocho menos cuarto, lo apagó a tientas y se quedó mirando al techo, sin saber muy bien dónde estaba. A veces creía despertarse en su casa, en Madrid. Pero, curiosamente, cuando se daba cuenta de que estaba en Tarpeya, y de que quien dormía en la habitación de al lado era su tío y no su madre, sentía un extraño alivio que la hacía sonreír.

«Si hoy es sábado», se dijo. Entonces recordó que había puesto el despertador para ir de excursión.

Marta desayunó un poco más de lo habitual, como ya le había avisado Argi, y guardó un par de manzanas en una bolsa. Sacar la bici de la casa sin armar demasiado escándalo y dejar intacta la pintura de las paredes fue tarea tan ardua como introducirla en el ascensor. Al salir de él, se cruzó con una vecina que traía el pan y que la miró con cara de pocos amigos. «No le he manchado el ascensor, señora», dijo entre dientes Marta.

Argi ya estaba esperando en la puerta del instituto. Debajo del pantalón de deporte llevaba una malla de ciclista que le hacía las piernas aún más flacas, como a una grulla.

—¿De qué te ríes? ¿Tampoco te gusta cómo voy ahora?

—No, hombre, sólo es que me hace un poco de gracia, porque no estoy acostumbrada a verte así, pero seguro que yo tampoco estoy para ir a una fiesta.

—Bah, no estás tan mal... Venga, vamos a arrancar ya.

Pensando que aquello, en boca de Argi, debía de ser casi un cumplido, Marta le siguió. Tomaron la carretera que llevaba al Norte y no tardaron en salir de la ciudad. Era algo que sorprendía y agradaba a Marta: en pocos minutos podía estar en plena naturaleza, no como en Madrid, una ciudad que parecía no acabarse nunca.

Hacía fresco, pero con el esfuerzo Marta no tardó en entrar en calor. No solía montar en bici, de modo que cada vez que llegaban a una cuesta algo empinada se quedaba atrás y Argi tenía que esperarla. Se notaba que no lo hacía de muy buena gana; por suerte, no realizó ningún comentario machista, y ello fue de agradecer.

Pasada la hora, y después de hacer un alto, llegaron a una carretera vecinal, tan estrecha que apenas quedaba sitio para que se cruzaran dos coches. Estaba flanqueada por robles y encinas. Aquí y allá había rocas de gran tamaño, que parecían fuera de lugar, como si algún gigante las hubiera arrojado allí en el principio de los tiempos. De cuando en cuando, entre los arbustos, se oían ruidos de algún animal que se asustaba al oírlos, pero Marta no llegó a ver ninguno. Más tarde atravesaron un terreno despejado, con prados y dehesas valladas en las que pastaban rebaños de vacas. Durante el invierno había llovido mucho, y había charcas por todas partes. Marta disfrutaba de lo lindo viendo a las vacas amamantando a los terneros, o a los enormes cerdos negros hozando en el suelo. Para ella esa excursión era casi un safari.

Llegaron a otra carretera, algo más ancha, y atravesaron la presa de Maestres. Allí hicieron un alto para asomarse a la garganta por la que bajaba el río, cincuenta metros de recorrido, entre espumas y remolinos.

—Parece que va fuerte —comentó Marta.

—Como ha llovido tanto este invierno, ahora están soltando mucha agua para que no rebose la presa. Venga, que todavía nos queda media hora o así.

—¡Dios mío, mañana no voy a poder levantarme de las agujetas!

Otra carretera vecinal, en peor estado que la primera, los llevó bordeando el pantano, hasta que a lo lejos vieron un monte que parecía brotar del agua y en cuya cima, incrustado en la roca, se veía un castillo oscuro, de altas formas, que, por alguna razón, le pareció a Marta sacado de un relato de terror.

—¡Ahí tienes Raposas! —exclamó Argi, sin dejar de pedalear.

Las casas estaban arracimadas al pie del castillo y por la falda del monte. Desde allí (estaban a unos tres kilómetros), podía parecer un pueblo normal. Sin embargo a Marta, quizás al saber de antemano que estaba abandonado, le daba la impresión de que lo envolvía un impenetrable silencio que se podía sentir desde donde estaban. Tal vez, para pasar, tendrían que atravesar una espesura de espinos como la que rodeaba el castillo de la Bella Durmiente.

El camino dio un rodeo y se apartó del embalse. Cuando volvieron a ver el pueblo, la perspectiva había cambiado. Si por la parte que daba a la carretera la pendiente del monte era suave, por la que daba al pantano había una abrupta pared que se hundía en las aguas, prolongando el lienzo oeste del castillo.

Argi se detuvo y echó pie a tierra. Marta aprovechó para beber agua de su bidón.

—¿Qué te parece? ¿Merece la pena el paseo?

—Mmmm... Desde luego que sí. El castillo es mucho más bonito de lo que me imaginaba. Es..., no sé, distinto.

—Sí. Los que hay por esta región suelen ser más bajos y anchos. Éste parece un castillo de fantasía.

Marta sonrió. Ambos habían pensado lo mismo.

—Bueno, supongo que nos asomaremos un poco más, ¿no?

—No sé —objetó Argi—. Se está haciendo tarde.

—¿Tarde? Si sólo son las diez y veinte…

Argi se mordisqueó los labios, dubitativo.

—Da la impresión de que tienes miedo de la maldición —insistió Marta, para picarle.

—Qué tontería —respondió Argi, aunque luego cambió de opinión—. Bueno, la verdad es que nunca he pasado de aquí. Vine hace mucho tiempo con otros chavales y me metieron miedo, no voy a negártelo.

—Si eso fue hace tanto, seguro que entonces eras un crío. Ahora ya sabes que los fantasmas no existen.

Argi la miró a los ojos y debió de ver en ellos algo que le infundió valor.

—Está bien. Vamos allá.

La carretera bajaba casi hasta el nivel del agua y allí se cortaba, para convertirse en un auténtico camino de cabras que ascendía hasta la derruida muralla que rodeaba el pueblo. Tuvieron que bajarse de las bicis y dejarlas más o menos escondidas detrás de unas retamas. La cuesta era empinada, pero Marta agradeció utilizar sus piernas para algo que no fuera pedalear.

Pasada la puerta de la muralla había una calle que rodeaba el pueblo y otra que subía, en una línea casi recta, presumiblemente hacia el castillo. Siguieron por esta última, deteniéndose aquí y allá para curiosear. Muchas de las casas tenían las ventanas rotas, los postigos arrancados o las puertas desvencijadas, y más de

un tejado se había hundido; pero el aire general era menos ruinoso de lo que Marta había esperado. Donde más se notaba el abandono era en la propia calle, de la que se había adueñado la naturaleza. Para avanzar había que abrirse paso entre arbustos, malas hierbas e incluso algún que otro arbolillo que parecía pedir perdón por haberse atrevido a brotar en ese sitio.

El silencio era tan espeso como había creído percibir desde la distancia. A Marta se le antojó que, si prestaba atención, tal vez se pudieran oír los ecos alargados de las últimas palabras pronunciadas allí cuarenta años atrás, cuando los últimos moradores abandonaron el pueblo. Ella estaba encantada, pero Argi miraba a los lados con una aprensión que crecía a cada paso.

—Vamos, no te preocupes. Si tuvieras que andar por mi barrio de Madrid de noche... Eso sí que es para preocuparse. De los muertos no hay que tener miedo.

—Mi cabeza me dice que no, pero mi estómago piensa otra cosa.

La iglesia estaba en la parte alta del pueblo. Más allá, la calle se convertía en un camino borroso que ascendía hasta el castillo, por una cuesta aún más pronunciada y sembrada de piedras.

—¿Quieres ver la iglesia? —preguntó Argi.

—No, no, al castillo, al castillo —repuso Marta, hipnotizada por la visión de los dos torreones que lo flanqueaban.

—Puede ser peligroso —insistió Argi—. ¿Y si se nos cae una piedra encima, o nos metemos en algún pozo, o...?

—No tiene pinta de estar tan en ruinas. Yo voy a subir. Si tú quieres quédate a esperarme.

Argi meneó la cabeza, desesperado, y la siguió. Mientras subían a trancas y barrancas, por entre las piedrecillas y el cascajo que se empeñaban en hacerlos resbalar, Marta preguntó a Argi si alguien había intentado adquirir el castillo.

—He oído que pertenece a una familia que no es de aquí. No deben de tener mucho interés en venderlo, aunque tampoco viven en él. No sé, nadie se quiere acercar demasiado.

—Si yo tuviera un castillo como éste..., lo arreglaría, pero lo justo para poder vivir en él y que siguiera pareciendo medieval.

—¿No le pondrías luz eléctrica, ni televisión, ni nada de eso?

—¡Por supuesto que no! Me las arreglaría con candelabros, y me construiría una biblioteca, y allí, a la luz de las velas, escribiría con pluma y tintero.

—Pues yo prefiero escribir con mi ordenador. Me corrige las faltas él solito.

—¡Qué prosaico eres a veces! De vez en cuando hay que dejarse llevar por el romanticismo.

—Ya, ya. Y cuando tuvieras un apretón, te ibas a acordar de lo que es tener un váter como Dios manda.

Marta sacudió la cabeza, pero no dijo nada. ¿Por qué a los chicos les gustaba tanto demostrar su falta de sensibilidad?

Llegaron ante la puerta del castillo, una enorme pieza de roble en la que se abría un postigo de un metro y medio de altura.

—Qué retacos eran estos medievales —comentó Argi.

—¿Tú crees que esta puerta será tan antigua? Me gustaría creerlo, aunque estoy convencida de que la han restaurado.

Había un aldabón de bronce en forma de cabeza de dragón. Marta se quedó un momento mirándolo, hipnotizada, y por alguna razón recordó su llegada en tren a Tarpeya.

—¿Qué estás pensando, llamar a la puerta para que te abra el mayordomo de Drácula?

—Creo que Drácula no tenía mayordomo.

—Ya lo sé, era un decir. Vámonos, anda, que se hace tarde.

—Déjame ver cómo suena.

Marta llamó tres veces. Esperaba algo profundo y retumbante, y quedó algo decepcionada por la seca tos de la aldaba. Después tiró un poco, y para su sorpresa el postigo empezó a abrirse. Sabía que Argi iba a protestar, de modo que antes de escuchar sus quejas volvió a tirar, hasta que la abertura fue lo bastante grande para pasar. Entró, agachándose un poco. El interior estaba muy oscuro, y salía un aire frío y húmedo. Marta se volvió hacia su compañero de aventura. En el rostro de Argi luchaban el temor que había ido creciendo conforme subían al castillo y la curiosidad que aquella puerta abierta despertaba en él.

—Me da muy mal *rollo,* Marta. No sé por qué, pero me da muy mal *rollo.*

—Si me has traído hasta aquí, no pretenderás dejarme fuera ahora que la cosa se pone emocionante

—dijo Marta, colocándose como objeto directo y a Argi como sujeto para hacerle sentir más protagonista.

Aquello solía funcionar con los hombres. ¡Vaya, si sabía más de hombres de lo que ella misma creía!

—Está bien —accedió Argi a regañadientes.

Entraron agachándose. La luz del exterior se colaba por el pequeño rectángulo que dejaba la puerta, para morir súbitamente y dejarlo todo en poder de la oscuridad. Argi silbó con precaución, y los ecos y reverberaciones les hablaron de una estancia grande y profunda.

—Si seguimos, nos vamos a partir una pierna en cualquier sitio —gruñó Argi.

—¿No has traído una linterna?

—No. Cuando monto en bici de día no suelo traer linterna. No es algo que se me ocurra, ¿sabes?

—Pues a mí sí —repuso Marta con una sonrisa, sacando una pequeña linterna de su mochila—. Dijiste que había un castillo y la verdad es que pensé que a lo mejor nos encontrábamos en una situación como la de ahora.

El estrecho haz de la linterna les descubrió tímidamente el interior de aquella gran sala, de paredes desnudas, levantadas con grandes sillares. Caminaron con precaución hacia el frente, hasta descubrir una puerta, por la que subía una escalera de caracol. Tomaron por ella y subieron despacio. Al principio, y después del calor que habían pasado sobre las bicicletas, el aire fresco del castillo les había parecido agradable. Pero poco a poco el frío les iba penetrando en los huesos, de forma tan honda como el silencio.

Varias vueltas de escalera después, apareció una luz. Era una estrecha tronera, desde la que se veían las aguas del embalse.

—Casi puedo imaginarme aquí a un guerrero medieval, apuntando su arco por la ventana para defenderse de los atacantes —comentó Argi.

—O a una princesa asomada, esperando a que su príncipe vuelva de las Cruzadas.

Se miraron un momento. Marta había pronunciado las últimas palabras con un acento tan desmayado que ambos rompieron a reír.

La escalera desembocaba en la azotea de uno de los torreones. Se asomaron entre las almenas, desde donde se ofrecía una vista magnífica. Al Este se extendía el pueblo de Raposas. Desde las alturas se apreciaba mejor su abandono: la mayor parte de los tejados se había hundido, y había árboles y matas invadiéndolo todo. Podía seguirse el perímetro de la muralla, un trapecio que se iba estrechando según subía por el monte hasta unirse con las paredes del castillo. Por el Oeste, se veían las aguas del embalse. Había un islote a unos quinientos metros, y tal vez un par de kilómetros más allá estaba la otra orilla.

—Qué lástima no haber traído la cámara —se lamentó Marta.

—De todas maneras, las fotos nunca salen tan bien como lo que uno realmente ve. Yo creo que lo mejor es disfrutar con los ojos lo que contemplas en el momento.

Marta se quedó mirando a Argi. Las palabras del muchacho le parecieron bastante sensatas. Ella misma se había compadecido en ocasiones de aquellos turistas que, esclavos de su cámara de vídeo, no llegaban a ver con sus propios ojos los lugares que visitaban.

—No ha estado mal el sitio al que te he traído, ¿eh? —preguntó su amigo.

Marta pensó que si habían subido hasta aquella torre era gracias a ella, pero no dijo nada.

—¿Y ahora qué? —preguntó Argi.

—A seguir explorando, por supuesto —dijo Marta—. ¡Me vuelven loca los castillos!

Bajaron de nuevo a la sala de la entrada. Allí encontraron un par de puertas cerradas con llave y otra que daba a una estancia vacía, cuya función sólo podían conjeturar. Cuando ya se disponían a salir, Marta encontró en el suelo una trampilla de madera con una gruesa asa de bronce. Convenció a Argi de que la ayudara, y entre los dos lograron levantarla. La trampilla daba paso a una escalera que bajaba como una invitación a conocer las entrañas del castillo.

—¿Qué, te animas? —preguntó Marta.

—Vaya, no sabía que me había venido de excursión con Indiana Jones.

Marta soltó una carcajada.

—Ya te he dicho que me encantan los castillos.

Argi volvió a mencionar aquella aprensión que sentía allí y a la que denominaba «mal *rollo*», pero ya se había resignado a obedecer la voluntad de su amiga. Emprendieron el descenso a lo desconocido. Aquella nueva escalera bajaba mucho más de lo que había subido la que los llevara al torreón. Marta empezó a temer que se le gastaran las pilas de la linterna y ambos se quedaran a oscuras.

—¿A cuántos metros bajo tierra estaremos? —terminó su pensamiento en voz alta.

—Desde luego, yo diría que ya estamos por lo menos al mismo nivel del pantano.

—¿No te parece demasiado para una mazmorra? Ni que quisieran tener encerrado al mismo diablo.

—Quién sabe, tal vez a un mago como Merlín.

Amantes de la fantasía, dejaban volar su imaginación en voz alta para ahuyentar el miedo que la lejanía de la salida y la oscuridad estaban incubando en ellos.

La escalera dejó de ser escalera y se convirtió en una rampa que se ensanchaba poco a poco. Marta apuntó con la linterna a las paredes y descubrió que eran de roca viva. Se detuvo un momento. La curiosidad y el temor batallaban en su interior, pero, sobre todo, se sentía culpable por Argi, que desde el principio había sido tan reacio a arriesgarse.

—A lo mejor no es tan buena idea seguir.

—Quizá no —respondió él—. Si acabamos perdiéndonos, la hemos fastidiado.

—Todo esto está tan oscuro… Como se nos apague la linterna, vamos a pasarlo mal de verdad.

—¿Nos damos la vuelta?

Se quedaron mirándose a los ojos. Marta alumbraba con la linterna desde abajo, y su luz recortaba los rasgos de Argi dándoles una dureza y una profundidad en las que encontró incluso cierto atractivo.

—La verdad es que tengo un poco de miedo —dijo el muchacho—, aunque por otro lado me da rabia no ver dónde acaba esto. ¿Por qué no seguimos quince minutos más? Seguro que las pilas aguantan un cuarto de hora.

Marta asintió con una sonrisa de ánimo. No creyó necesario recordar a Argi que avanzar quince minutos más significaba volver otros quince minutos, y la suma era fácil: media hora de pilas. Pero ahora que parecía que no tuviera que arrastrarlo a regañadientes, sentía que parte del temor había desaparecido.

«Es curioso», se dijo. «El miedo suele nacer de la sensación de sentirse sola, y cuando se comparte parece dividirse por dos.»

Llevaban nueve minutos, según el cronómetro de Argi, cuando las paredes de la rampa se abrieron y dejaron de descender. Una suave corriente de aire rozó el rostro de Marta. Exploró con la linterna, para descubrir, como había sospechado, que se encontraban en una caverna muy grande. El haz de luz chocaba aquí y allá con estalactitas, o con columnas que unían suelo y techo, pero más a menudo revelaba la negrura de profundas oquedades.

—¡Ostras! —exclamó Argi—. Esto sí que no me lo esperaba. ¡Vaya pedazo de cueva!

Marta alumbró al suelo, que los agujeros, grietas y estalagmitas hacían muy accidentado. Sin embargo, partiendo desde la salida de la rampa, donde se hallaban ahora, había una franja serpenteante de superficie más llana, casi un sendero.

—¿Cuántos minutos nos quedan?

—Cinco —respondió Argi.

—Podríamos explorar un poco más.

—Bueno, vamos a echar un vistazo. Con cuidado. No tengo ganas de abrirme la cabeza.

Marta le dio la mano para que no se separara de

ella. Al principio, Argi la agarró con timidez, y ella notó un cosquilleo que la ponía nerviosa. Pero después el muchacho se decidió a apretar sus dedos con decisión y ambos se sintieron más seguros.

Mientras caminaban con precaución, sin apartar los pies del estrecho camino que les revelaba la linterna, Argi empezó a hacer planes, imaginándose la fama y el dinero que podrían conseguir cuando comunicaran al mundo exterior la existencia de aquella cueva.

—Date cuenta: la más cercana que conozco está en Gredos, por lo menos a cien kilómetros. ¿Tú crees que podríamos conseguir un tanto por ciento del dinero de cada entrada?

Marta no hacía demasiado caso a aquellos proyectos financieros. Estaba demasiado concentrada en buscar un camino seguro, aunque encontraba tiempo para desviar la linterna de vez en cuando y maravillarse ante la forma fantasmal de una nueva estalactita, o el grosor de una columna. El tamaño de la cueva se iba revelando mayor según avanzaban: el suelo descendía, mientras que el techo parecía irse alejando de ellos, hasta que la luz de la linterna fue incapaz de alcanzarlo. Marta pensó que allí dentro podrían haber levantado la catedral de Tarpeya. La propia gruta parecía una catedral gótica, esculpida por la naturaleza con infinitos detalles.

—Nos quedan cinco minutos, Marta. De verdad que yo seguiría otro rato, pero a lo mejor es más prudente que volvamos otro día con un par de linternas más potentes y pilas como para contaminar de mercurio todo el Mediterráneo.

Ella asintió con la cabeza. Sin embargo, en ese momento, uno de los barridos de la linterna reveló un brillo extraño, a su izquierda, por debajo del nivel que estaban pisando. Repitió el movimiento y descubrió que no había sido una alucinación. Allí, entre dos gruesas columnas, se veía un resplandor dorado, arrancado por la luz de la linterna al reflejarse en... ¿qué?

—Mira eso, Argi. ¿Qué crees que puede ser?

—Por lo menos el tesoro de Alí Babá. Supongo que será una charca subterránea, o algo así.

—No sé, pero yo creo que no. Te prometo que en cuanto lo veamos, nos marchamos de aquí. ¿Vale?

Apretó un poco más la mano de Argi; con ello consiguió que el muchacho accediera. Para llegar al origen de aquel resplandor, tuvieron que bajar por un estrecho pasadizo entre columnas y altas estalagmitas a las que poco les faltaba para tocarse con sus hermanas del techo. Por suerte, podían agarrarse a ellas para evitar los resbalones, porque el suelo era liso y rezumaba humedad.

Por fin, algunos minutos más tarde de lo que hubieran deseado, al pasar entre dos columnas muy juntas, se abrió ante ellos un amplio espacio abierto. Era una concavidad, un gran cuenco en la roca cuyo tamaño resultaba difícil de apreciar bajo el estrecho rayo de la linterna. Sobre todo, porque lo que ésta alumbraba resultaba tan increíble que ni se les ocurrió dedicarse a calcular las medidas.

Aquello era más que el tesoro de Alí Babá. Ante sus ojos yacía una inmensa pila de oro, en todas sus formas: oro en monedas, oro en alhajas, oro en lingotes, oro en esculturas, oro en objetos de formas imprecisas, oro arrancado tal vez en su forma pura. Había una fortuna suficiente para comprar la vida de diez emperadores. La sorpresa hizo que Marta soltara a Argi y resbalara por la pendiente del cuenco que formaba la roca. Cuando quiso darse cuenta, había caído de bruces en una piscina de monedas. El muchacho se arrojó detrás de ella, y el tintineo del metal salpicó la cueva de ecos brillantes.

—¡No ha sonado el despertador esta mañana! —exclamó Argi—. Ya sabía yo que ese reloj estaba en las últimas.

—Pero, ¿qué estás diciendo?

—¡Que estoy soñando! —gritó Argi, duchándose con las monedas de oro—. ¿O tú te crees que esto puede ser verdad?

Marta le clavó el haz de la linterna entre los ojos.

—¡Despierta!

—¡Eh, que me deslumbras!

—Pues vuelve a mirar ahora. ¡Esto no es ningún sueño!

Los dedos de los muchachos, cobrando vida propia, rebuscaron entre los millares de objetos. Había cálices, gargantillas, pendientes y anillos de todos los tamaños, estatuillas, lingotes, crucifijos, puñales, prendedores, medallones, monedas. Conforme excavaban, mayor parecía ser la antigüedad de los tesoros. Argi se metió en el interior de la pila, casi hasta las rodillas, y buceó hasta sacar una especie de brazalete digno del brazo de un gigante.

—¿Has visto esto? ¡Alúmbralo y no me enfoques a mí a los ojos!

—Perdona. ¿Qué es?

—Es una *torques,* un collar que se usaba en tiempos de los celtas.

Marta lo cogió.

—Dios mío, cómo pesa. Esto es oro macizo.

—Me imagino que el guerrero que lo llevaba debía de tener el cuello como un toro. ¿Te das cuenta? Esto tiene miles de años. Vamos a mirar más abajo...

Como perros desenterrando huesos, abrieron un agujero en la pila, y comprobaron que más abajo había alhajas, armas y monedas de época romana, griega, y otros objetos cuya procedencia les era por completo desconocida, pero que parecían todavía más antiguos.

—Quienes hayan reunido este tesoro, llevan haciéndolo montones de siglos —comentó Argi.

—Dios mío, toda una dinastía de saqueadores de tumbas y ladrones de iglesias...

Marta estaba asustada, pero a la vez se sentía excitada, llena de vida. No hubiera cambiado aquel momento por nada del mundo.

Mientras examinaba con la linterna aquí y allá, algo llamó su atención.

—¡Oye, Argi! Quienes sean, aún siguen juntando este tesoro. Hay cosas muy recientes. ¡Mira estos pendientes! No puede decirse que sean precisamente de la antigua China. «Diseño de Vázquez de la Mora.» Ése salió el otro día en la tele.

Se miraron unos instantes sin decir nada. Aquello tenía sus implicaciones.

—Y la puerta del castillo estaba abierta... —añadió

Argi—. Creo que sería mejor que nos marcháramos de aquí antes de que regresen los dueños del tesoro.

—Ahora sí que te doy la razón.

Como por arte de magia, recobraron la prudencia que la agitación del descubrimiento les había hecho olvidar. Hablando en susurros y procurando hacer el menor ruido posible, salieron de la hondonada del tesoro... para descubrir que ahora todas las columnas, las estalactitas y las estalagmitas parecían iguales. ¿Por dónde habían venido?

—La hemos hecho buena —dijo Argi—. Se nos olvidó el truco de las miguitas de pan. ¡Hay que ser *pringaos*!

Durante unos momentos cayeron en un lúgubre silencio, en el que ambos se dedicaron a imaginar las más inquietantes consecuencias de perderse en una gruta desconocida, con una linterna que empieza a desfallecer y un par de manzanas por todo alimento.

—La culpa ha sido mía —musitó Marta—. Me he empeñado en meterte aquí, aunque tú no querías.

—Bah, no pienses eso. Tú tampoco me has obligado —respondió Argi, con un tono desganado que a oídos de Marta venía a significar «claro que tienes la culpa, pero voy a esperar cinco minutos más antes de decírtelo».

Rodearon la pila de oro, examinando el suelo y las estalagmitas en busca de una señal, de cualquier característica que les sonara. De pronto, Argi dio un respingo y se agarró al brazo de Marta con un chillido que despertó ecos en la gruta. La muchacha le siseó. «Nos pueden oír», le recordó.

—Alumbra ahí, a la izquierda —susurró Argi.

Lo que había asustado al muchacho hizo que Marta se quedara congelada. En una pequeña oquedad, a unos pasos del tesoro, había un osario lleno de restos humanos. Al principio no se atrevieron a acercarse, pero luego la curiosidad morbosa les incitó a examinarlos. Había tres esqueletos completos, muchos huesos sueltos y cinco cráneos que los miraban riéndose de aquel chiste secreto que tanta gracia les hace a todas las calaveras.

Se quedaron mirándose, sin decir nada. Ambos estaban pensando lo mismo: si no lograban encontrar un camino de salida, el hambre y la sed harían que sus restos acabaran engrosando aquel montón de huesos mondos. O, aún más inquietante, serían los dueños del tesoro los que se asegurasen de ello.

El fino oído de Marta percibió un sonido nuevo.

—¡Escucha eso! —le dijo a Argi.

Se callaron y contuvieron la respiración. Hubo un instante de silencio, y luego volvió a sonar un rumor lejano que los ecos de la caverna hacían aún más confuso. Los dos muchachos se agazaparon en una especie de nicho, a unos cinco o seis metros del tesoro, y apagaron la linterna.

El rumor se convirtió en un canto. La letra era ininteligible, en parte por la voz que la cantaba, tan grave que retumbaba en la cueva. Pero Marta estaba casi segura de que aquel idioma no era ni castellano ni inglés. Además, la melodía era muy extraña, exótica, con cierto aire oriental.

Pronto vieron la luz de una tea, que danzaba entre

las columnas al compás de los desniveles del suelo. Quien fuera, venía derecho hacia el tesoro, como se temían. Cuando el portador de la antorcha, un hombre alto y barbudo, se detuvo al borde de la pila, Marta tuvo que contener una exclamación de sorpresa.

¡Era el Hombre Gris, el que amaestraba las palomas! Y por si hubiera alguna duda, llevaba al hombro la misma bolsa de lona que le había visto proteger en el tren con tanto celo.

Marta no tardó en comprender la razón de tal interés. El Hombre Gris abrió la bolsa, la volcó y dejó caer su contenido sobre la pila. ¡Como para dejar que alguien la tocara! Allí había más oro, en forma de joyas, cálices, monedas y quién sabe cuántos objetos más. Marta pensó en decirle algo a Argi, pero no se atrevió. A decir verdad, no se atrevía ni a respirar, y los latidos de su corazón se le antojaban más sonoros que el ruido del oro contra el oro.

Como fuere, el Hombre Gris dejó la bolsa en el suelo y se dirigió hacia ellos sin vacilar.

—Salid de ahí —ordenó con una voz profunda, que no dejaba lugar a la desobediencia.

Argi fue el primero en levantarse del escondrijo. Sin una palabra, el Hombre Gris lo agarró por el cuello con la mano derecha, lo levantó en el aire sin ningún esfuerzo y lo arrojó contra el montón de oro. Argi voló tres o cuatro metros y se estrelló como un guiñapo. Luego, el Hombre Gris se volvió hacia Marta y extendió sus dedos largos y fuertes, buscándole la garganta. Pero, a la caprichosa luz de la antorcha, las miradas de ambos se encontraron, y él la reconoció.

Aquella mirada pareció eterna. Marta se sintió sondeada, desnudada hasta la última raíz de su ser, descubierta en cada pequeña acción de su vida. Los ojos grises eran casi transparentes, y viejos, muy viejos, y tan implacables, ni buenos ni malvados, sólo implacables, que pensó que iba a morir, como a buen seguro había sido el destino del pobre Argi.

«Y todo por mi culpa, como siempre», se repitió.

—Pétalos sin abrir —murmuró el Hombre Gris, y acompañó sus palabras olisqueando levemente.

Parpadeó, y Marta comprendió qué era lo que había visto de raro la primera vez que se encontraron. No era el párpado superior el que se cerraba sobre el inferior, sino al contrario. El Hombre Gris parpadeaba como un reptil. Pero no pudo pensar mucho más, porque el extraño le puso un dedo en la frente, y después todo se convirtió en la placidez de la nada.

* * *

Al despertar se sintió desorientada. Le parecía que hubiera viajado durante días y días y a través de mil países, y sin embargo no recordaba nada. Se incorporó, y descubrió que estaba al aire libre, junto a la puerta del castillo. El Sol estaba ya muy alto en el cielo. Marta se cubrió los ojos con la mano, deslumbrada.

A su lado, Argi gemía suavemente. Marta se arrastró hasta él. El muchacho tenía unos cuantos rasguños, además de una marca roja en el cuello, por donde le había agarrado el Hombre Gris. Aunque no parecía tener ninguna herida importante.

—Argi, por favor, despierta…

El muchacho abrió los ojos, más desorientado si cabe que Marta, pues había perdido las gafas.

—¿Qué nos ha pasado? —logró articular.

—No lo sé muy bien, pero lo mejor es que nos vayamos de aquí cuanto antes.

El reloj informó a Marta de que eran ya las dos de la tarde. La última vez que lo había mirado en la gruta eran las doce y cuarto. ¿Qué había pasado mientras tanto? Durante la vuelta, hicieron cábalas sobre ello. Argi recordaba haber visto al hombre de la antorcha, pero había olvidado el golpe contra la pila de oro. Marta sabía que él la había mirado a los ojos y había susurrado «pétalos sin abrir», y después no había sino imágenes confusas en su mente. Era de suponer que el Hombre Gris había cargado con ellos hasta la salida del castillo, sin más ayuda.

En el primer pueblo del camino llamaron por teléfono para decir que llegaban tarde a comer. Cuando entraron en Tarpeya, eran más de las cuatro. Se despidieron, prometiendo que, por el momento, no contarían a nadie lo que había sucedido.

Cuando Marta llegó a casa, su tío Germán no estaba enfadado, aunque la paella que había preparado se había quedado fría. ¡Qué gritos habría dado su madre en una situación similar!

Marta le contó a su tío la excursión en bici, la entrada en el pueblo de Raposas y cómo lo habían explorado, aunque prefirió no mencionar el castillo. Después, cuando se levantó para ayudar a Germán a recoger la mesa, sintió un mareo que casi la hizo caerse al suelo.

—¿Te pasa algo, Marta?

—No, no es nada, tío.

—A ver si te ha dado una insolación… Lo mejor es que te eches una buena siesta, que, para no hacer deporte nunca, hoy te has dado una buena paliza.

Marta asintió. Prefería estar sola en su habitación y meditar sobre todo aquello. Cuando ya se retiraba, Germán la llamó.

—Voy a tomar café en casa de María Jesús, así que no te preocupes si cuando te despiertas no estoy.

—Muy bien, tío.

Una vez a solas, Marta se tumbó en la cama y trató de recordar por orden todo lo que había pasado en la gruta. Había sido muy raro, extremadamente raro. Debería estar asustada, pero lo único que sentía era una excitación que corría por sus miembros como una corriente eléctrica.

* * *

Lasso estaba a punto de colgar el teléfono cuando, por fin, Storm lo cogió.

—Storm. ¿Qué noticias tiene?

—Nuestro hombre ha vuelto hoy otra vez, después de estar fuera cinco días. Es una lástima, porque podría haber entrado en el castillo durante su ausencia.

—Ya le he dicho que no es aconsejable hacerlo. ¿Ha elegido a la doncella?

Lasso contuvo una carcajada. Tenía un plan para esa noche, pero «doncella» no parecía una forma muy apropiada para referirse a una chica de instituto. «Fermosa doncella, ¿tendría la bondad de tomarse un *cu-*

*bata* conmigo para ver si la emborracho y la acabo llevando al huerto?»

—Para esta misma noche creo que habré solucionado esa cuestión. Tendré a nuestra... doncella.

—Llámeme entonces y le daré más instrucciones.

Storm colgó sin despedirse. «No se arruinará en facturas telefónicas», rezongó Lasso. Después se dirigió al cuarto de baño para acicalarse.

Conseguir aquella plaza como interino en el instituto no había sido tarea fácil, pero Storm tenía buenas influencias y lo había solucionado con algunas llamadas y un par de escritos. Lasso dominaba el inglés hablado a la perfección y podía pasar por profesor siempre que soslayara las cuestiones gramaticales más profundas.

Más sencillo que dar las clases le resultaba embaucar a las alumnas. Parte del trabajo de Lasso había sido seducir a mujeres de todas las edades y condiciones, algunas de ellas muy experimentadas y duras de pelar. Gustarle a chicas de entre quince y dieciocho años que, aunque se creyeran muy maduras, tan sólo estaban empezando a abrir los ojos, era casi obligatorio para él. «Eso no me lo tendrían ni que pagar», se dijo. Parte de los trucos que utilizaba bordeaban el ridículo, bien lo sabía, pero el caso es que resultaban. Las miradas embobadas de aquellas niñas se lo decían.

Y así, a las diez de la noche, Lasso salió a la caza.

* * *

Mientras tanto, Marta dejó deslizarse el libro que estaba leyendo y, por fin, cayó rendida por el cansancio de aquel día. Su sueño fue, no obstante, ligero, plagado de sobresaltos, poseído por imágenes extrañas que no alcanzaba a comprender.

* * *

A la una de la madrugada, Lasso se encontraba en un tugurio oscuro y ruidoso, atestado de quinceañeros. Tenía delante de sí un whisky y la mirada extasiada de Ruth, aquella chica rolliza que le miraba con tanto descaro en clase. Sólo tenía diecisiete años, y Lasso sonreía por dentro al pensar en los posibles problemas legales. «Demonios, ojalá me echen de la enseñanza para siempre. ¡Prefiero volver a Guinea que seguir tratando con mocosos», pensó.

Y mientras tanto tenía que estar diciendo frases del tipo de:

—No me mires así, Ruth, que me vas a acabar poniendo nervioso.

—¿Cómo, que te pongo nervioso? No me fastidies, hombre...

«Qué basta es esta chica», se decía Lasso. Si se hubiera dejado llevar por su gusto, no la habría elegido a ella, pues había en su misma clase otras alumnas mucho más atractivas; pero Ruth parecía la conquista más fácil. Cuando se trabaja, el criterio de economía es fundamental.

—Pues claro que me pones nervioso —insistió, acercándose a su oído para que pudiera escucharle sobre el estruendo de la música; esa intimidad debía de ponerla bastante nerviosa—. No sé, tal vez yo esté equivocado, o sea presuntuoso —prosiguió Lasso—, pero cuando estamos en clase tengo la impresión de que me miras de una forma especial.

—¡Serán las demás, que están que se les cae la baba contigo!

—No, no. Eres tú, de verdad, sólo tú. Debo decirte que llevo ya unos cuantos años dando clases (no mentía del todo: a él esos días le estaban pareciendo años), y jamás había visto una mirada como la tuya. Es tan..., no sé..., tan intensa que me hace sentir distinto, joven otra vez. Y eso nunca le viene mal a alguien que, como yo, ya tiene sus añitos.

Y lo mejor de todo era que aquello colaba.

* * *

Sobre las tres, Marta tuvo el sueño más extraño de aquella noche. Una voz la llamaba: «Ven a verme otra vez». Y ella se levantaba en pijama, y salía a la terraza de su casa, que se convertía en el torreón del castillo de Raposas. La luna llena derramaba su reflejo sobre el pantano, y soplaba un viento intenso y caliente. Marta se asomó por una almena y vio un acantilado que caía cientos y cientos de metros, tal vez miles, hundiéndose hasta las raíces del mundo. Abrió los brazos y se dejó caer. No tuvo miedo. El aire chocaba contra sus manos, la frenaba, y en un momento dado pensó: «Vuela». Y voló.

Pasó por encima de las aguas, casi rozándolas con los pies. Se deslizaba en silencio, sin apenas batir los brazos, y con sólo un pequeño movimiento volvió a levantarse y ascendió hacia la Luna blanca que llenaba el cielo. Y entonces miró hacia abajo y vio su sombra en el agua, y era una sombra enorme, alada, la sombra de una criatura que sólo podía existir en los sueños.

La sombra de un dragón.

* * *

A las cinco de la mañana, Lasso se retiró a su casa, aburrido y frustrado. A sus años, y con todo lo que había rodado, y ahora descubría que aún tenía que aprender mucho más de la vida. Aquella muchacha, Ruth, era lo bastante joven para meterle en líos con la justicia, sí, y tenía la cabeza llena de pájaros; pero había perdido su doncellez hacía mucho tiempo, tanto que a sus padres les habría dado un síncope de enterarse. Las instrucciones de Storm habían sido muy precisas: la chica tenía que ser virgen. Si no, no servía como cebo para Iluyanka.

«Maldita libertad y maldito libertinaje, y maldita televisión», refunfuñó antes de acostarse. Tendría que enfocar de otra manera su cacería.

## *7. La biblioteca del tiempo*

Marta llegó el lunes a clase diez minutos antes de la hora. Por allí ya había algunos madrugadores, que en su mayor parte eran los que venían en autocares desde los pueblos cercanos. También estaba Ruth, contando entre risitas algo a Silvia y a otra chica. Ésta, que se llamaba Tamara, no tardó en apartarse con cara de pocas amigas.

—¿Y a ésa qué le pasa? —preguntó Marta, mientras colgaba la cazadora vaquera de un gancho de la pared.

—Parece que la muy idiota se ha picado porque Ruth estuvo el sábado por la noche ligando con el de Inglés —explicó Silvia, mientras miraba de reojo a Tamara, que se había puesto a repasar las frases de latín como si no tuviera nada más que hacer.

—Ah —comentó Marta.

—¿Cómo que «ah»? ¿Sólo «ah»? —protestó Ruth—. No me digas que no es una historia con morbo. ¡Es increíble!

—¡Está buenísimo, y se lo liga esta tía! —exclamó Silvia—. Menuda *potra* que tiene.

—¿Qué queréis que os diga? —respondió Marta—. Bueno sí que está, aunque no tanto como él se cree. A mí me resulta un poco chulo.

—Si lo dices tú, que eres de Madrid y sabes tanto de chulería… —dijo Silvia.

Marta arrugó un poco la nariz, pero no contestó. Silvia siempre le estaba tirando puntadas. Trataba de llevarse bien con ella, porque era amiga de Ruth, a pesar de que no le acababa de gustar. A decir verdad, tampoco le gustaban muchas cosas de Ruth; le parecía demasiado descarada y a veces un poco basta, pero se divertía con ella y la consideraba una buena compañera.

—Mira, aquí llega uno que sí que está *buenorro* —informó Silvia.

El que entraba por la puerta de la clase no era otro que Argi. Venía con un jersey gastado que le llegaba casi hasta las rodillas, arrastrando los pies y encorvado, acaso para compensar el peso de la mochila. (Siempre la llevaba llena de libros y tebeos que no venían a cuento, y los libros que realmente le hacían falta para las clases se los olvidaba la mitad de las veces.) Tras saludar distraídamente a un grupo de alumnos que comentaban con ardor la última jornada liguera y que ni se molestaron en contestarle, Argi se acercó a las chicas. Marta le notó algo raro, aparte del rasguño en el cuello, aunque no supo decir qué era.

—Hola, Marta.

—¿Y a nosotras no nos saludas, *guapetón*? —dijo Ruth con bastante sorna.

—Hola, *megapetardas*. Perdonad que no os atienda ahora, pero tengo que hacer una llamada a mi gabinete de prensa.

—Házsela a tu asesor de imagen, a ver si te cambia esa facha que tienes —le contestó Ruth, pero Argi ya estaba sentado en su sitio, junto a la ventana, y no la podía oír—. Desde luego, hija —añadió Ruth, dirigiéndose a Marta—, no sé cómo puedes llevarte bien con Argi. Encima de que trato de ser simpática con él, se permite el lujo de despreciarme. ¡Se creerá que estoy loca por sus huesos, que es lo único que tiene!

Marta se encogió de hombros.

—En el fondo, es buen chico.

—Sí, en el fondo de donde yo te diga. Lo que pasa es que está como bobo por ti y, por eso, te trata un poco mejor.

Marta se puso colorada y, al darse cuenta de que las dos chicas la miraban divertidas, enrojeció aún más.

—¡A ver si te vas a liar con Argi! —advirtió Ruth—. Que tú vales bastante más que ese murciélago con gafas.

En realidad, Marta estaba deseando sentarse con Argi para hablar de lo que había ocurrido el sábado. Pero ahora, observada por sus amigas, no se atrevía a acercarse a él.

En las dos primeras clases estuvieron atareados tomando apuntes de Filosofía y Literatura, y no intercambiaron más que monosílabos, por lo que no pudieron hablar hasta el primer recreo. En vez de ir a la cafetería del instituto, salieron por la puerta trasera del centro y dieron un paseo hasta una tienda de golosinas donde Argi solía comprar *quicos* y ella *gominolas* y unas chucherías gomosas a las que allí llamaban «esponjas», aunque en Madrid se las conoce por «nubes». Lo más divertido era quemarlas y observar cómo se carbonizaban.

—Aún me duele todo el cuerpo —comentó Argi—. ¡Vaya golpe me debió dar el animal ése!

Aunque no recordaba cómo le había atacado el Hombre Gris, Marta se lo había contado.

—Sí, tenía muchísima fuerza. Me pareció increíble ver cómo volabas. Ya sé que pesas poco, pero…

Marta se quedó mirando a Argi. Acababa de darse cuenta qué era lo que veía raro en él.

—¡Te has cambiado de gafas!

—Tú verás. No iba a venir a clase con un bastón y un perro. Sin gafas no veo tres en un burro, así que tengo otras de repuesto, por si acaso. Ya sé que son muy horteras, pero me temo que no voy a volver a Raposas a pedirle a ese energúmeno que me devuelva las otras.

—Pues a mí me gustan más las que llevas ahora. Te quedan mejor —dijo Marta.

Argi amagó una sonrisa y se estiró un poco.

—¿Ah, sí? Bueno es saberlo.

Marta miró su reloj. Quedaban pocos minutos para que se acabara el recreo, así que fue derecha al grano.

—¿Le has hablado a alguien de lo que pasó en el castillo?

—¿Tú qué crees, que tengo ganas de que me pongan una camisa de fuerza? Una cueva secreta, un tesoro fabuloso, un tío que pega más fuerte que Terminator, dos pardillos que aparecen inconscientes en la puerta de un castillo... Sólo falta una abducción para completar el guiso, ¿no te parece?

—Sí, no suena muy creíble —reconoció Marta—. Yo tampoco se lo he dicho a nadie. Y creo que es mejor que sigamos con la boca cerrada.

Argi hizo un gesto interrogante, mientras destrozaba entre sus muelas un buen puñado de *quicos.* «Me gusta ronzar como los burros», solía decir cuando alguien le regañaba por hacer tanto ruido.

—No sé qué pensar —prosiguió la muchacha—. Es una historia muy extraña, y si no hubieras estado tú también, y no te viera ahora esa marca en el cuello, creería que lo he soñado. Pero no puedo dejar de pensar en esa cueva y en ese tesoro. «Y en el Hombre Gris», añadió para sí. Seguro que si se lo cuento a alguien, mi tío acaba enterándose y entonces no me dejará volver.

Argi enarcó las cejas, incrédulo.

—¿Cómo? ¿Te han quedado ganas de volver al castillo?

—Pues claro. Y esta misma tarde. ¿Es que piensas dejar esto sin resolver? Nunca en mi vida me había pasado nada tan emocionante. Estoy segura de que si no me entero de lo que pasa en ese castillo, me arrepentiré toda mi vida.

—Pues por mí le pueden ir poniendo una equis a ese expediente, que yo no vuelvo a que terminen de romperme el cuello. ¡Conmigo no cuentes!

—¿Dónde está tu amor por la aventura?

Argi abrió la mochila y sacó un libro muy grueso, con una exuberante hechicera en la portada.

—Ahora mismo, en este tocho: *La lanza gris de Piurvana*. Es el primer volumen de una trilogía de trilogías, así que creo que tengo aventuras casi hasta los exámenes de junio. ¿Qué te parece?

Marta estuvo a punto de contestarle: «Me parece que eres un gallina». Sin embargo, no se atrevió a ofenderle. Además, tal vez su postura fuese más sensata que la de ella.

Pero no podía dejar de pensar en los misterios que rodeaban al Hombre Gris, dueño de fabulosos tesoros y encantador de palomas. Y no estaba dispuesta a quedarse así, sin saber más. «Ven a verme otra vez», le había dicho la voz de su sueño. ¿Por qué no?

* * *

Después de comer, Marta le dijo a su tío que iba a dar una vuelta con la bicicleta pues hacía muy buena tarde.

—Sí que le has cogido gusto a la bici —comentó Germán—. Eso está bien, que alguien la utilice, que yo la tengo muerta de risa.

Ayudó a su sobrina a sacar la bicicleta del trastero y la acompañó hasta el ascensor.

—¡No dejes que se te haga de noche antes de volver! Luego los coches no ven a las bicis. Y el hospital de aquí no tiene muy buena fama. Entras con una pierna rota y sales con un trasplante de hígado.

Marta tranquilizó a su tío mientras se cerraba la puerta del ascensor. Ya en la calle, se dio cuenta de que había sido muy optimista sobre sus propias capacidades físicas. Hacía sólo dos días que había ido al castillo y las agujetas estaban en pleno apogeo. Con todo, se sobrepuso al dolor que acuchillaba sus piernas y emprendió la marcha. Yendo sola, el camino se le hizo bastante más largo y cansado, pero la excitación de la aventura la ayudaba a pedalear en las cuestas, y el propio calor del esfuerzo fue desentumeciendo sus piernas.

Cuando llegó a la puerta del castillo, decidió que no era demasiado prudente entrar otra vez sin permiso, así que hizo sonar la aldaba. La espera le pareció eterna. Volvió a probar, mientras se regañaba a sí misma por estúpida. Valiente idea había tenido, venir en pos de un sueño con forma de dragón…

«Me voy de aquí.»

El postigo se abrió, y tras él apareció la alta figura del Hombre Gris. Marta apenas podía verle la cabeza.

—La joven flor viene a la guarida del gusano…

El Hombre Gris sujetaba un quinqué. Marta agachó la cabeza hacia un lado para poder verle los rasgos al otro lado de la puerta.

—Algo se le habrá perdido a la bella flor…

Hasta entonces no se había dado cuenta Marta de lo hermosa que era la voz del Hombre Gris. Grave, muy grave, pero limpia, como roca pura y recién solidificada. Le sostuvo la mirada unos segundos, y también pensó que sus ojos eran muy bellos. Nada había en aquel hombre que lo asemejara a los chicos que hasta entonces Marta había tenido por modelos estéticos, y sin embargo le era tan agradable mirarlo, oír su voz…

Se dio cuenta de que el Hombre Gris le había preguntado, a su manera, qué hacía allí.

—Yo... tuve un sueño..., oí una llamada...

Según hablaba, Marta iba enrojeciendo. Parecía mentira que una chica que se consideraba medianamente inteligente estuviese pronunciando tal sarta de sandeces sin sentido.

—Los sueños tienen una voz que hay que saber escuchar. Tal vez sea bueno oír la voz de tu sueño.

El Hombre Gris hablaba de una forma extraña, ladeando un poco su cabeza de Moisés y entrecerrando los ojos como si cada una de las palabras que él mismo pronunciaba despertase en él recuerdos casi olvidados.

—Yo soñé con este castillo..., soñé que volaba... —se explicó Marta—. Ya sé que es absurdo. Lo mejor será que me vaya. Siento mucho haberle molestado.

Marta se dio media vuelta y se dirigió hacia las casas del pueblo, bajando la cuesta con mucho cuidado: sólo le faltaba resbalar con un cascajo y rodar unos cuantos metros delante del Hombre Gris para consumar su ridículo.

—Vuelve.

El Hombre Gris no había levantado apenas la voz, pero su orden sonó prácticamente junto al oído de Marta. Se volvió y comprobó que él no se había movido de la puerta. Ahora le estaba haciendo un gesto con su mano izquierda, invitándola a entrar.

«Y aquélla fue la última vez que Marta Mateos vio la luz del día. Un brillante porvenir como escritora que se vio truncado por su estúpida manía de meterse donde no la llamaban...», pensó.

A pesar de sus propios reproches, no pudo resistirse a la invitación de aquella mano, y volvió dócilmente hacia la puerta. Cuando cruzó el umbral, el Hombre Gris se hizo a un lado.

—Esta morada recibe pocas visitas. La bella flor sabrá disculpar que no haya demasiadas comodidades.

La estancia que daba entrada al castillo estaba ahora alumbrada por unas cuantas antorchas que ardían sujetas a la pared por unas argollas que Marta no había visto la primera vez. No parecía tan grande como la había imaginado dos días antes, a la débil luz de la linterna.

—Un momento. El metal que atrae el imán no es bienvenido en este lugar. Si la visitante...

—Me llamo Marta.

—Si Marta tuviera... —el Hombre Gris se detuvo, y haciendo un esfuerzo prosiguió en segunda persona—. Si tuvieras la bondad de dejar esa llave que cuelga de tu cuello. Déjala a la entrada, junto a la puerta. Luego podrás recogerla.

Marta tiró del cordel y se quedó un segundo mirando la vieja llave que le había dado su abuela cuando era una niña. Se trataba de la llave de un arcón de la casa del pueblo, que ahora ya ni existía, aunque, por alguna razón, la guardaba con cariño. ¿Cómo había sabido el Hombre Gris lo que era, y, sobre todo, que estaba hecha de hierro si la llevaba debajo de la camisa?

—Bueno, no creo que nadie venga aquí a robármela.

Con mucho cuidado, la depositó junto a la puerta, por la parte de fuera, y volvió a entrar.

—Es de agradecer. Al parecer, Marta, ya conoces el castillo.

—Sólo en parte, porque lo vimos con una linterna que no valía para… —de pronto enrojeció—. Discúlpeme, por favor. El otro día entramos sin ser invitados, creíamos que el castillo estaba deshabitado.

—¿Sin ser invitada? El recuerdo de tu cara quiere venir, sí —el Hombre Gris luchó visiblemente para evocar algo en su memoria; al parecer, sólo lo consiguió a medias—. Ahora sí has sido invitada. Ven, joven flor.

La forma de hablar de aquel individuo era más bien ridícula, pero tenía una voz tan agradable que podía perdonársele. El Hombre Gris llevó a Marta por unas escaleras que en su primera visita no había visto, y le enseñó algunas salas abandonadas y otras que conservaban muebles de vete a saber qué época. Había un comedor con una mesa alargada a la que tal vez podrían haberse sentado veinte o más comensales; desgraciadamente en la actualidad, sólo parecían utilizarla las arañas como base para tejer sus redes. Armas aquí y allá, colgadas de las paredes y extremadamente antiguas, de bronce deslustrado por el tiempo («nada de hierro», le dijo el Hombre Gris); tapices que se caían a jirones; cuadros tan ennegrecidos que apenas se distinguían las figuras que había en ellos. El conjunto era tan variopinto como desolador.

—¿Y usted vive aquí, solo?

El Hombre Gris asintió con la cabeza.

—La soledad es una compañera que nunca importuna. Aunque vivir en estas salas no resulta apropiado.

Las cuevas inferiores son más aptas para el sueño, y otros lugares lo son para alimentarse. Aunque de vez en cuando se echa de menos el calor del sol, pero no hay que abusar de él.

La charla del Hombre Gris derivaba a ratos. Marta lo había catalogado como algo excéntrico, pero ahora empezaba a pensar que era un chiflado, sin más.

—¿Duerme usted allá abajo... en esa cueva tan fría?

Él volvió a asentir, mientras bajaba a la sala de entrada. Marta supuso que la visita se había acabado. De todas maneras, el Hombre Gris no daba muestras de querer echarla de allí.

—¿Te gustó el tesoro, joven Marta?

Bien, allí podía estar la diferencia entre tener futuro o no, entre llegar a ser una gran escritora o convertirse en un cadáver mediocre y vulgar. ¿Qué contestar? Si decía que sí, que le gustaba, el Hombre Gris podía abalanzarse sobre su cuello y estrangularla para evitar que se lo robara. Si decía que no, tal vez podía ofenderlo y eso sería igual de malo o peor.

—Es un tesoro muy... grande. Sorprendente, de verdad.

Eso no había estado demasiado mal. Una apreciación de magnitud y no de cualidad. No parecía comprometer mucho.

—Un tesoro grande y despreciable. Útil a su modo, y poco más. El oro es bueno para lo que es...

—...Ya, el dinero no da la feli...

—...Simplemente para dormir —prosiguió el Hombre Gris, sin hacerle caso—. Puro, incorruptible, cómodo. Pero los hijos de los hombres enloquecen por él, y muchos darían su alma por robar lo que aquí se guarda tan sólo como lecho.

«Tú sí que has enloquecido», se dijo Marta. El Hombre Gris la miró con un destello de fiereza, como si le hubiera leído el pensamiento, pero sólo fue un instante.

—Es posible, aunque el recuerdo es débil, que aquí se guarde un tesoro de verdad —añadió, entrecerrando de nuevo los ojos—. ¿Quieres verlo, joven Marta?

—Mire, la verdad es que me encantaría, pero se me está haciendo un poco tarde y no quiero molestarle...

—Ven.

De nuevo aquella voz imperiosa, que surgía como una isla de claridad entre los desvaríos y a la que no se podía desobedecer. El Hombre Gris se agachó y levantó la trampilla por la que Marta y Argi habían llegado a la cueva. Bajaron unos treinta escalones y, antes de alcanzar la rampa que daba a la cueva, el Hombre Gris se detuvo y palpó una pared. A aquella altura, los muros eran aún de piedra labrada, y no de roca viva como más abajo.

—Aquí debía de ser... —susurró el Hombre Gris, tanteando como si buscara una entrada secreta.

Y lo cierto es que la encontró, porque la luz de su quinqué reveló cómo se abría una ranura en la piedra. Empujó con el hombro y no tardó en descubrir una puerta.

—Era un recuerdo, sólo una memoria de niebla, como casi todo lo que hoy logro recordar; mas ha resultado ser verdad —añadió el Hombre Gris, casi tan sorprendido como Marta.

Caminaron durante unos diez metros por un angosto pasadizo que tenía el techo abovedado. Después de un recodo, se abrió ante ellos otra estancia interior. El Hombre Gris se detuvo un momento, dubitativo. La luz del quinqué apenas alcanzaba a alumbrar unos pasos, pero se adivinaba que el lugar era mucho más vasto. Entonces alzó una mano, y empezaron a encenderse luces por todas partes. Marta sofocó una exclamación de asombro.

El Hombre Gris empezó a avanzar por la estancia, ahora más confiado. Las luces provenían de candelabros puestos en el suelo, en aparente azar, cuyas velas parecían estar prendiendo por arte de magia. Caminaron entre ellos, procurando no derribar ninguno, mientras Marta miraba asombrada a las paredes. Del techo al suelo, en una altura de unos tres metros, estaban atestadas de libros.

—¿Puedo mirar?

—Disfruta de este tesoro. El agua que mana la fuente del saber brilla más que el oro puro.

Marta pasó entre dos candelabros de bronce y se acercó a la pared de la izquierda. Los anaqueles estaban labrados en la roca viva por alguna herramienta tosca, que había dejado la piedra rayada, como si la hubiera arañado una garra gigantesca y de dureza diamantina. Al principio había un espacio vacío, acaso dos metros de estantes aguardando recibir futuros libros. Después empezaban los volúmenes. Eran de primeros de siglo, escritos en un sinfín de idiomas: español, francés, inglés, italiano, alemán y otros que Marta no pudo reconocer. Después, según iba avan-

zando, los libros eran del siglo pasado, y retrocedían en el tiempo década a década. Las encuadernaciones de papel dejaban paso a la piel. Marta pidió permiso al Hombre Gris con la mirada y, ante su aquiescencia, cogió uno. Lo abrió y volvió a cerrar con un golpe seco; sorprendentemente no salió ni una mota de polvo. Era un volumen de anatomía, escrito en inglés y fechado en 1857. Marta nunca había visto un libro tan antiguo, y se dedicó a admirar las ilustraciones.

—En esta biblioteca, avanzar es regresar hacia el saber original.

Marta se quedó mirando al Hombre Gris. Empezaba a acostumbrarse a su peculiar forma de hablar, con rodeos y acertijos. Por un momento, apartó la atención de los libros para examinar la forma de la biblioteca. Era rectangular y muy alargada, prácticamente un pasillo. En la pared del fondo, a unos quince metros, había un arco que daba paso a una especie de capilla oscura. Marta tuvo un estremecimiento al mirarla y presintió que allí se ocultaba algo siniestro.

Paseó lentamente, pegada a la pared, y examinó los lomos de los libros, sacando algunos al azar. Estaba nerviosa, como un niño al que hubieran soltado en una inmensa pastelería y no fuera capaz de decidirse entre tantos dulces. Según avanzaba, parecía viajar hacia el pasado: el siglo XIX, el XVIII, el XVII… Vio un Quijote que tal vez fuese una primera edición, conservado como si en aquel lugar no transcurriese el tiempo. Siguió unos pasos, y los libros impresos desaparecieron. En su lugar había gruesos volúmenes de hojas de pergamino, escritos a mano y decorados con primorosas ilustraciones en colores que aún seguían siendo vivos.

—¿Cómo se llama este tipo de libro?

El Hombre Gris se quedó pensando unos segundos y dijo algo que a Marta le sonó como *códiques*. Por supuesto, pensó: era la pronunciación clásica que le había enseñado la profesora de Latín. Quería decir «códices».

—El valor de esto debe de ser incalculable.

—En lo que se pueda valorar una vida entera recogiendo la siembra del saber.

—¿De una vida? De la vida de cien hombres, por lo menos. Esto es de la Edad Media.

El Hombre Gris no contestó. Estaba en el centro de la biblioteca, con los brazos en los costados, y movía el cuello de un lado para otro como si quisiera capturarlo todo con su mirada.

—¿Todos estos libros son suyos?

El Hombre Gris asintió con vehemencia.

—¡Todos míos!

Marta se dio cuenta de que era la primera vez que le oía utilizar un pronombre de primera persona. Hasta entonces había evitado referirse a sí mismo, o lo había hecho en tercera persona.

—Todos han sido reunidos..., los ha..., yo los he reunido a lo largo de mi vida, y nadie me los quitará...

Hablaba con pasión, y su mirada al recorrer la sala era de una codicia casi animal. Pero cuando tropezó con Marta, pareció calmarse de pronto.

—Hacía mucho tiempo que no bajaba aquí… Tanto aprender para olvidarlo después.

Se acercó a la muchacha y cogió el libro que ella tenía entre las manos. Había una ilustración que presentaba a dos caballeros compitiendo en una justa, lanza contra lanza, mientras una princesa los observaba, esperando el resultado del torneo.

—El libro del noble caballero Tyrmir... Ahora lo he recordado. No era tan noble como decían, ni como él mismo creía. Nunca hubo tanto honor en esos caballeros como sus juglares cantaron.

Marta pensó que el Hombre Gris no hablaba del pasado como podría hacerlo María Jesús en una clase de Literatura, sino más bien como su abuela cuando le contaba recuerdos de la niñez: algo vivido por uno mismo, no aprendido en un libro o en un aula.

—La sabiduría es demasiado grande, y un solo espíritu demasiado pequeño, aunque sea tan viejo como el mundo —prosiguió el Hombre Gris, devolviendo el tomo a su estante—. Empezaba a olvidarlo todo, y creí que en los libros podría recobrar el recuerdo. Volví a releerlos, todos..., y no me di cuenta de que era precisamente lo que leía lo que se me iba borrando de la memoria.

Los ojos del Hombre Gris estaban perdidos en algún punto de un pasado muy remoto. Marta había suspendido toda incredulidad, y ahora aceptaba sus palabras como la pura verdad. No era un hombre normal, de eso no cabía duda: alguien que hablaba con las palomas, que encendía velas sin tocarlas, que tenía unos ojos tan extraños, inhumanos y sabios a la vez.

—¿Crees que soy sabio? —preguntó él, volviendo al presente.

Marta tuvo un escalofrío, convencida de que el Hombre Gris le había leído el pensamiento.

—Lo he olvidado todo, hasta quién soy. Ahora me doy cuenta de que ha habido un tiempo que se me ha pasado en la niebla, sin ver el exterior, sin verme siquiera a mí. ¿Quién eres tú, que me has hecho mirarme de nuevo?

—Sólo soy Marta Mateos. En realidad no soy nadie importante.

El Hombre Gris la miró a los ojos, y de pronto Marta se vio arrastrada por un torbellino. Durante unos momentos embriagadores, los años y los siglos se confundieron en una corriente confusa, y pasaron ante sus ojos en remolinos que arrastraban imágenes y sonidos que no podían haber brotado de su mente, pues jamás había visto ni oído nada así. Voló sobre países lejanos, sobre bosques impenetrables y desiertos blancos, sobre mares en tormenta y en calma, sobre montañas desoladas y valles lujuriantes. Vio países lejanos, desconocidos, castillos y palacios jamás soñados, templos de mármol rosado con estatuas majestuosas, santuarios siniestros que olían a sangre humana, y reyes, sacerdote, princesas y guerreros de todas las razas y colores.

Ella misma fue una princesa, vestida con oro y seda. Sus cabellos eran negros como la noche y caían en cascada sobre sus hombros. No recordaba haberlos tenido tan bonitos nunca. Había hombres a su alrededor, que estaban atándola al tronco de un árbol calcinado, junto a la salida de una gran caverna. Estaban nerviosos, asustados, y algunos la miraban con compasión.

Sonó un trueno prolongado en la cueva, como si la misma tierra rugiera. Algo iba a salir de allí, algo a lo que ella debía tener miedo, y sin embargo...

—No debes tenerme miedo, Marta. Nunca haría daño a una doncella tan pura como tú —le dijo el Hombre Gris, y sus palabras la devolvieron a la realidad, si es que aquella extraña biblioteca y aquel hombre no menos extraño pertenecían al mundo real.

—¿Yo... pura?

El Hombre Gris posó sus dedos sobre la cabeza de Marta. Ella sintió un cosquilleo, una levísima corriente eléctrica, y los últimos jirones de miedo que quedaban en su alma se desvanecieron. No tenía nada que temer de aquel hombre.

—Puedes seguir mirando. Eres libre.

Marta se apartó un par de pasos de él y siguió paseando hacia el final de la biblioteca. Tras los códices, retrocediendo en el tiempo, había en los anaqueles canutos parecidos a los que usaban para guardar los mapas en clase de Geografía e Historia. Marta pensó en su profesor de Griego, siempre con la pajarita, y en la pasión con la que hablaba de los libros antiguos. «Ésos deben de ser papiros», se dijo. Una muestra de escritura anterior a los códices. Y al final había objetos aún más arcaicos: tablillas de barro, discos de piedra y planchas de cobre y oro, todos grabados con signos incomprensibles.

Aunque Marta no era bibliófila ni experta en antigüedades, resultaba evidente que las paredes de esa biblioteca encerraban un valor inmenso, a no ser que todo fuera una colosal falsificación. Pero no creía que fuera así: ¿quién podría haber imitado tantas muestras de la historia del libro? ¿Cuántas obras habría allí, treinta, cuarenta mil?

Recordó el tesoro que se guardaba más abajo, en la gruta, y se dijo que, entre la biblioteca y el oro, el Hombre Gris debía de ser una de las personas más ricas del mundo. Aunque, a buen seguro, él no era consciente de su riqueza.

¿O sí? La mirada que se le había escapado al hablar de sus tesoros era ávida, codiciosa, como la de un dragón que custodiara su tesoro.

La imagen del dragón había acudido sola a su mente, tal vez influida por sus sueños. La apartó cabeceando: era una romántica incorregible. Una cosa era estar en una biblioteca maravillosa con un hombre que la hacía recordar paisajes que nunca había podido contemplar. Y otra bien distinta encontrarse en medio de una historia de dragones y hechiceros.

La biblioteca se había acabado. Ante ella se abría el arco de la capilla oscura. Ahora, más cerca, se entreveía algo de su interior: una imagen apagada, que era la de la propia Marta reflejada en un cristal, y un resplandor dorado detrás de éste. La sensación de amenaza volvió a ser palpable. Pero Marta empezaba a sentirse casi invulnerable, y la curiosidad la empujaba a entrar.

—¡Vuelve atrás!

Había urgencia en la voz del Hombre Gris, mas no fue eso lo que detuvo a Marta. Ante ella había aparecido una gigantesca cobra, cuya enorme cabeza estaba a la altura de la suya y la miraba con ojos hipnóticos. Su siseo se mezcló con un confuso rumor, el crepitar y arrastrarse de mil cuerpos viscosos. En el suelo de la capilla se había encendido un círculo de fuego, y dentro y alrededor de él reptaban decenas de serpientes de todos los colores y tamaños.

Marta intentó gritar o moverse, pero era incapaz tan siquiera de respirar. Una mano helada oprimía su pecho. La mirada de la cobra era un carbón incandescente, y su cabeza empezaba a echarse atrás, preparando el ataque a su víctima paralizada. Mientras, algo frío y viscoso se estaba enroscando alrededor de su tobillo.

Una mano apartó suavemente a Marta. El Hombre Gris, sin temor alguno, pasó al interior de la capilla. La hoguera del interior se extinguió, tan súbitamente como se había encendido, y las serpientes se apresuraron a esconderse entre las tinieblas. Marta se miró al tobillo y no vio nada en él, aunque le había quedado una sensación gelatinosa en la piel que la hizo estremecerse.

—Ahora puedes pasar.

—No, no…

Él hizo de nuevo ese gesto que era imposible desobedecer. Marta entró en la capilla con aprensión, pero cuando estuvo cerca del Hombre Gris se tranquilizó, convencida de que a su lado no podía sufrir daño alguno. Él movió el quinqué para revelarle los rincones de aquella pequeña oquedad: no había agujeros ni grietas por las que pudieran volver a entrar las serpientes. Pero si así era, pensó Marta, ¿de dónde habían salido?

—No hay que tener miedo a las criaturas de la

tierra. La tierra es la fuente de toda vida. ¿Era esto lo que querías ver?

Tallado en la pared de la capilla había un nicho, protegido por un cristal enmarcado en bronce. Detrás de él se guardaban dos urnas con gruesos cantos de oro. Había rostros de criaturas espantosas forjados en el oro, pero era mucho más horrible su contenido. Pues en una de las urnas había un corazón humano, rojo y fresco, que por algún infernal sortilegio aún palpitaba lentamente. Y en la otra, flotando en un líquido ocre, había dos ojos de iris azules, que a pesar de no tener cejas ni párpados que pudieran darles expresión, parecían mirar a Marta con el mismo odio que debieron de sentir cuando fueron arrancados. Tuvo que hacer un gran esfuerzo de voluntad para apartar la mirada de aquellos hipnóticos y demoníacos globos.

—Dios bendito… —musitó—. ¿Por qué guarda algo tan repugnante?

—Casi lo he olvidado —contestó el Hombre Gris—. Sólo sé que nadie debe tocarlos; sobre todo, su dueño.

—¿Su dueño? Su dueño debe de estar ciego y muerto.

—Creo…, recuerdo que su dueño vive, y que tarde o temprano vendrá a recuperarlos. Pero yo debo… Voy a impedírselo.

—¿Por qué?

El Hombre Gris dudó un segundo, y después contestó como si estuviera leyendo las palabras en su propio interior.

—Porque fui yo quien se los quitó.

## 8. *Entre mujeres*

El martes por la tarde vino María Jesús a tomar café. Marta aprovechó para preguntarle unas dudas de Latín (a María Jesús se le daba bastante bien, aunque era de Literatura), y luego se sentó con ella y con su tío en el salón a charlar un rato.

En un momento dado, el aire levantó la cortina de la terraza y entró una brisa muy agradable. Tras el cristal se veían las montañas que limitaban la ciudad al Este. La tarde era clara y podían distinguirse algunos pueblos, acostados en las laderas.

—Últimamente estamos teniendo unos días estupendos —dijo María Jesús.

—Díselo a Marta, que se ha aficionado a salir en bici —contestó Germán—. A este paso va a ser la sucesora de Induráin.

Marta no respondió. Sus piernas se habían convertido en dos troncos de madera que apenas sentía, pero no estaba dispuesta a reconocerlo. Prefería hablar lo menos posible de la excursión del día anterior, para no tener que mentir. Porque si la experiencia del sábado con Argi, en la gruta del tesoro, resultaba casi increíble, la del lunes por la tarde entraba en el reino de la fantasía más delirante. Candelabros que se encendían espontáneamente, una biblioteca secreta por la que cualquier coleccionista habría vendido su alma, serpientes, fuegos, corazones arrancados que seguían latiendo...

Sacudió la cabeza y siguió hojeando la revista que había traído María Jesús. Lo mejor que podía hacer era desconectar de todo lo sucedido y no recordar su aventura hasta que estuviese sola. Temía que incluso la expresión de su rostro al pensar en el Hombre Gris pudiese traicionarla. Ya había sorprendido a María Jesús mirándola con suspicacia en un par de ocasiones.

La profesora se puso de pie y se asomó fugazmente a la terraza.

—La verdad es que hace una tarde perfecta para salir de compras.

—Será para ti —repuso Germán—. Estamos a final de mes, así que no ando yo como para ir de compras.

—Para ti el final de mes empieza el día cinco —respondió María Jesús.

Marta soltó una risita. Germán se quedó mirándola con falsa gravedad.

—No te creas. Desde que está mi sobrina y lleva la contabilidad, ésta se ha convertido en una casa seria y organizada.

—Bueno, ¿qué? —insistió María Jesús—. ¿Te vienes a la plaza a dar un paseo, y a ver cómo compro yo?

—¡Ni lo sueñes! El Barça juega dentro de... —Germán consultó su reloj— media hora. Imposible.

—Con la Iglesia hemos topado —se resignó María Jesús—. Marta, ¿quieres venirte conmigo?

Marta se encogió de hombros.

—Bueno, ¿por qué no?

—Dejemos que los hombres se embrutezcan con el fútbol.

—Y también con la cerveza y las patatas fritas, no os olvidéis —apostilló Germán.

—¡Voy a arreglarme un momento! —avisó Marta.

Cuando volvió al salón, María Jesús le estaba diciendo algo a su tío en voz baja. Éste asintió y se acercó a Marta.

—Toma, para que te compres algo tú también y no te dé envidia de esta gastona —le dijo, dándole seis mil pesetas—. Que sepas que esto es de mi cosecha, sobrina, y no de lo que nos pasa tu madre, así que cómprate algo que me guste.

Dejaron a Germán colocando su sillón favorito delante de la televisión y poniéndose la gorra del Barça, y salieron a la calle. La plaza estaba a unos diez minutos. Otra de las razones por las que a Marta le gustaba Tarpeya era que se podía ir andando a cualquier parte. (Aunque su tío, que era más amante del deporte televisado que del auténtico, cogía el coche para todo.) Por el camino comentaron algunas cosas del instituto, intercambiando con mucha cautela información confidencial: María Jesús, del bando de los profesores; y Marta, del de los alumnos.

Después de examinar varios escaparates, María Jesús

llevó a Marta a una tienda en una bocacalle de la plaza. Las atendió una mujer de unos cincuenta años, corpulenta y de voz dulce, que saludó a María Jesús con un «mi niña» y les enseñó lo último que había recibido.

Mientras María Jesús se probaba un conjunto de chaqueta y pantalón, Marta se quedó mirando una falda de *vichy,* en blanco y negro. La dependienta se acercó a ella.

—Seguro que te queda muy bien. ¿Quieres ponértela?

Sin esperar respuesta, se la dio a Marta y la arrastró al probador.

Marta había pensado más bien en comprarse un pantalón. Su madre le había metido en la cabeza que a ella no le quedaban bien las faldas, porque tenía las caderas demasiado anchas. Sin embargo, se probó aquélla y se miró en el espejo. En su opinión, no le sentaba tan mal, pero no estaba segura.

Salió a la vez que María Jesús, y ambas se examinaron mutuamente. A la profesora no acababa de convencerle el traje, pero insistió en que Marta estaba muy guapa con la falda.

—¿No me hace demasiado ancha de...? —preguntó Marta.

—¡Qué dices! Te hace un tipo estupendo.

La dependienta corroboró la opinión de María Jesús con tal convicción que resultaba difícil no creerla. Marta siguió protestando; dijo que no tenía nada que combinara con aquella falda. Segundos después se encontraba de nuevo en el probador con una blusa blanca en la mano.

Con ambas prendas, Marta se atrevió a pensar que estaba guapa. Sonrió a su propia imagen y se giró un poco. Ya no era el patito feo que posaba torpe en las fotos de su niñez.

Contenta de sí misma, salió del probador y empezó a girarse para que María Jesús la juzgara. Pero a mitad de la vuelta recordó algo y se detuvo.

—Sólo traigo seis mil pesetas —cuchicheó, acercándose a la profesora—. No puedo comprarme las dos cosas.

—Me gusta mucho cómo te queda el conjunto, así que vas a tener que quedarte con todo. La blusa te la regalo yo.

Marta protestó, sin atreverse a levantar la voz, pero no hubo manera de disuadir a María Jesús.

—No se lo digas a nadie en clase —susurró la profesora, mientras esperaba el recibo de la tarjeta—. Si no, van a pensar que eres una enchufada.

Todavía entraron en tres tiendas más, hasta que María Jesús encontró un traje a su gusto. Marta iba a medias encantada y a medias avergonzada. Se sentía obligada con la profesora, de modo que, al comprobar que le habían sobrado mil quinientas pesetas, la invitó a merendar.

Se sentaron en la terraza de una cafetería, bajo un soportal de la plaza. En Tarpeya, como en muchos otros lugares de España, las terrazas de los bares salían como los caracoles, en cuanto dejaba de llover y se asomaba el Sol. Muchos tarpeyanos mataban la tarde ante un café dedicados a su ocupación favorita: observar a otros tarpeyanos. Entre la gente de cierta edad había auténticos profesionales de la vigilancia, capaces de fijar con la mirada a cualquier viandante y seguirlo sin el menor recato de una punta a otra de la plaza. Más de una vez, Marta se había sentido tentada de darse la vuelta y sacar la lengua a uno de aquellos mirones.

Eligieron la terraza de una heladería. Marta pidió un café con leche y María Jesús un descafeinado. En la mesa de al lado, una pareja ya madura estaba dando buena cuenta de sendos trozos de tarta de queso con arándanos. Era la especialidad de la casa.

—¿Te comes una a medias conmigo? —preguntó la profesora.

—Te puedes pedir una entera.

—¡No! ¿Qué quieres, que se me ponga todo aquí? —contestó María Jesús, señalándose la cintura.

Marta se encogió de hombros, y al final ayudó a la profesora compartiendo su cuota de culpabilidad. María Jesús tenía algún kilo de más y a la vez era muy golosa. Cada vez que veía un dulce, era visible la lucha en su interior. Y cuando sucumbía a la tentación, la voluptuosidad con que lo saboreaba era doble.

Mientras terminaba su parte de la tarta, que estaba exquisita, Marta observó el banco de piedra en el que unos días antes se había sentado el Hombre Gris. Se preguntó si estaría en la biblioteca, intentando recuperar el resto de sus recuerdos. ¿Cómo sería vivir sin ser consciente casi de estar vivo?

Allí estaba él otra vez, paseando al lado del banco. El corazón de Marta se aceleró, pero en seguida se dio cuenta de que se había equivocado. Tan sólo era un hombre con perilla y una chaqueta gris.

—¿...andas pensando?

Marta se dio cuenta de que María Jesús le estaba hablando. Sacudió la cabeza y volvió a la realidad.

—Nada. Me había distraído viendo pasar a la gente.

María Jesús chasqueó la lengua.

—No acabo de creérmelo. Llevas un par de días muy rara, Marta. Te veo... cambiada.

Marta sonrió, halagada de que otra persona le prestara tanta atención, pues era algo a lo que no estaba acostumbrada.

—¿Cambiada para peor o para mejor?

—No sabría qué decirte. No me refería a nada de eso. Es sólo... una forma especial de mirar. ¿Estás pensando en alguien en concreto?

Marta abrió mucho los ojos y contestó con un «NOO» demasiado redondo. Trató de borrar la imagen del Hombre Gris de su mente, como si María Jesús pudiera estar leyendo su pensamiento.

—Date cuenta de en qué época del año estamos —le insinuó la profesora.

—¿Qué quieres decir?

—Ya sabes, las flores se abren... —«pétalos sin abrir», recordó Marta, y tuvo que contener una sonrisa estúpida—, las abejas van de flor en flor, los pajarillos cantan...

—Y las nubes se levantan.

—Vamos, que ha llegado la primavera. No es un tópico, puedo asegurártelo. En clase se nota algo especial. La gente está más revuelta, sobre todo las chicas —María Jesús puso los ojos en blanco y se llevó una mano al pecho—. ¡Ah, el amor!

Marta soltó una carcajada.

—¿Es que me ves cara de enamorada? ¡Qué gracia!

—No es nada malo, ni tienes por qué avergonzarte. Lo que de verdad es triste es que exista gente incapaz de amar. Piensa bien: ¿no hay nadie que...?

Marta miró de nuevo al banco de piedra. No podía sacarse al Hombre Gris de la cabeza, y cuando había creído verlo, hacía un momento, casi se le había desbocado el corazón. Quería volver a escuchar su voz, saber más de él, averiguar su pasado y sentir esa corriente eléctrica por su cuerpo. ¿Era eso estar enamorada? No. Admiración, respeto, curiosidad, hasta una dosis de morboso temor, sí, pero amor romántico... no creía.

—Vamos, boba, contéstame. Soy una buena consejera sentimental.

—No sé qué decirte. Yo creo que no hay nadie especial...

María Jesús frunció el ceño.

—¿Y qué me dices de Argi? ¡Espero que no te guste ése!

—¿Argi? Pobrecillo, todo el mundo me dice lo mismo. Pues... ni me gusta ni me deja de gustar. Me cae bien.

—Si yo no digo que sea mala gente, pero es más raro que un perro verde.

«Con zapatos de gamuza azul», habría añadido su tío Germán, que también tenía sus opiniones sobre Argi. Marta solía defenderlo, aunque debía reconocer que la actitud de Argi con los demás, y ante la vida en general, hacía difícil la tarea al más hábil de los abogados.

—No sé, de momento no lo veo como el hombre de mi vida —dijo Marta.

—Bueno, eres libre para escoger, pero me caes muy bien y me gustaría verte con alguien más normal. ¿Sabes? Es muy complicado dar con la persona adecuada, y mucha gente se queda con lo primero que encuentra.

—¿Y por qué hay que quedarse con nadie? Mejor sola que mal acompañada.

María Jesús negó con la cabeza.

—No es así de fácil. La soledad obligada se hace muy, muy dura.

La profesora se quedó un momento callada, mirando al otro extremo de la plaza, sin ver nada en realidad. A Marta le vino una pregunta a la cabeza, tan sólo un pensamiento fugaz: «¿Y a ti te gusta mi tío?» ¡Dios santo, cómo iba a atreverse a interrogarla de una forma tan directa! Marta nunca había sido así. Sacudió la cabeza y trató de pensar en otra cosa, pero la pregunta seguía allí, empeñada en asomarse a sus labios.

—¿Qué te pasa, Marta? —le dijo María Jesús, volviendo de su ausencia.

—Nada, qué me va a pasar.

—Estabas diciendo «no» a algo.

Las dos mujeres se miraron a los ojos. Marta pensó: «Quiero preguntárselo y se lo voy a preguntar. ¿No me he atrevido a entrar en el castillo del Hombre Gris?» Llevaba todo el día flotando, como en un sueño, y se sentía así desde la tarde anterior. El encuentro con el Hombre Gris había sido tan real que ahora creía ver todo lo demás a través de la bruma, borroso como en una fantasía.

Y en las fantasías una puede decir lo que quiera.

—¿A ti te gusta alguien, María Jesús?

Ella se rió y se puso un poco colorada. Para disimular dio un sorbo a su café…, aunque Marta observó que no le quedaba nada en la taza.

—Vaya pregunta, hija…

—Tú me has preguntado a mí, así que es justo que yo haga lo mismo.

—Ya, pero yo tengo unos cuantos años más y encima —añadió, ahuecando la voz— soy tu venerable profesora.

—No creo que me saques más de diez años, y eso no es tanto. ¿A que no tienes más de veintisiete? —preguntó Marta, sorprendida de su propia audacia, y se dio cuenta de que al decir lo que de verdad quería decir incluso respiraba mejor, como si su pecho se hubiera agrandado.

—Gracias, hija, pero tengo veintiocho. Recién cumplidos hace diez meses.

—¿Sabes? —dijo Marta, en tono casi confidencial—. Antes pensaba que debía ser un rollo pasar de los veinticinco años, y ahora me doy cuenta de que no está tan mal. Me fijo en ti, en otros compañeros tuyos, y veo que os lo pasáis muy bien. Yo creo que mejor que los de mi edad. Hasta mi tío, que tiene unos cuantos añitos más…

—Sí, la verdad es que no echo de menos cuando yo tenía diecisiete años —dijo María Jesús, cortando a Marta en cuanto ésta mencionó a su tío—. En aquel entonces no tenía más que complejos, un montón de exámenes para estudiar, había que aguantar las órdenes de *profes,* de padres, no tenía nunca un duro encima...

Marta decidió volver al ataque por la línea frontal.

—¿Te gusta mi tío?

María Jesús tuvo un ataque de risa y enrojeció aún más.

—¡Pero qué chica más descarada!

«Qué divertido es ser descarada», se dijo Marta. Y lo mejor de todo era que no se había abierto la tierra para tragársela ni la había fulminado ningún rayo del cielo.

—No hay nada malo en que te guste. ¿No es lo que me has dicho tú hace un momento?

María Jesús miró a los lados y después acercó la cabeza a la de Marta, para decir en voz baja:

—Lo malo es cuando te gusta alguien que no se entera de nada, y que prefiere quedarse viendo el fútbol en vez de salir a dar un paseo con una chica atractiva —dijo señalándose a sí misma—. Y ésa soy yo.

—Mi tío es un poco despistado —reconoció Marta—. La verdad es que los hombres no se enteran de nada, pero yo creo que él es aún peor.

Comentaron entre risas unas cuantas anécdotas que ilustraban el despiste de su tío. Después se quedaron en silencio, y tras unos segundos exhalaron ambas un profundo y desmayado suspiro. Hubo un nuevo estallido de carcajadas.

—Oye —dijo Marta cuando paró de reírse—, ya que mi tío está en las nubes, ¿por qué no le bajas tú? Dile que te gusta, y que se espabile de una vez y se decida, y que te diga algo.

Dicho esto, Marta plantó las manos en la mesa con decisión, como si ya lo hubiera solucionado todo.

—Creo que se lo he dicho de todas las formas sutiles y no tan sutiles en que se puede decir —respondió María Jesús.

—Pues no seas tan sutil. Atácale directamente. ¿Por qué a las mujeres nos toca siempre estar encerradas como una princesa en la torre, a esperar que venga un caballero a liberarnos?

La imagen le había venido casi impuesta por sus últimas experiencias, pero le pareció muy apropiada. María Jesús asintió, curvando los labios en un gesto apreciativo.

—Camarada Marta, creo que estoy de acuerdo. Me alegro de haber hablado de mujer a mujer contigo. Ya sabía yo que eras una chica muy madura. Pero —añadió con un dedo amenazador— si mañana en clase te tengo que decir que pareces una niña de guardería, ¡a callar!

Marta respondió con un saludo militar. Se sentía distinta, nueva, suelta, como si alguien hubiera roto una invisible cadena que sujetaba sus tobillos. Casi como si volara, igual que un dragón…

# *9. El sueño del Hombre Gris*

Cuando Marta cerró el diario, la noche estaba en silencio, salvo los lejanos gritos de las aves exóticas del parque de los Pinos. Se sentía nerviosa y a la vez satisfecha: lo primero, por los acontecimientos del día, y lo segundo, por cómo había logrado plasmarlos en su diario. Nunca había escrito con tanta fluidez.

Al repasar las últimas páginas, parte de la satisfacción la abandonó. ¿Realmente eran suyas aquellas palabras? Ahora le parecían ajenas, tal vez alguien o algo se las hubiese dictado, acaso la misma presencia que había compartido con ella su sueño.

*Miércoles, 28 de marzo*

*Hoy le he dicho al tío Germán que iba a comer en casa de una amiga para preparar un examen con ella, y que luego daríamos una vuelta con las bicis. Siento ha-*

*berle mentido, pero no creo que le hiciese mucha gracia escuchar la verdad. Seguramente pensaría que me he vuelto loca, porque yo misma a veces creo que se me ha soltado algún tornillo de la cabeza. Necesitaba ver otra vez al Hombre Gris. Anoche soñé que volvía a llamarme. Creo que me necesita y quiero ayudarle. Debe de ser terrible no recordar quién es uno mismo.*

*Me comí por el camino el bocadillo que me había preparado y llegué al pueblo abandonado un poco antes de las cinco. Hacía algo de viento y me tuve que bajar de la bici para subir andando más de una cuesta, pero llegué. Creo que me estoy poniendo en forma.*

*Nadie me contestó cuando llamé a la puerta. Insistí un buen rato, hasta que me convencí de que no había nadie o de que el Hombre Gris no podía oírme. Supongo que debería haberme ido, porque lo que hice, ahora que ya sé que el castillo está habitado, es allanamiento de morada o algo así. Pero estaba convencida de que el Hombre Gris no se enfadaría conmigo, así que empujé la puerta. Como estaba abierta, pensé que era buena señal.*

Ahora que lo releía, Marta se daba cuenta de que era muy extraño que un castillo que guardaba tales tesoros estuviese abierto. Pero todo estaba lleno de señales que avisaban de que sólo quien el Hombre Gris quisiera podría entrar allí y, aún más importante, salir con vida: el temor irracional que Argi había experimentado en la entrada, las serpientes y el fuego, aunque tal vez fuesen sólo una alucinación, y, sobre todo, los esqueletos humanos junto al tesoro.

Marta se estremeció. Ahora creía saber por qué estaban allí esos huesos, pero no se atrevía a culpar al Hombre Gris por ello. Cada criatura tiene su naturaleza.

*No sé muy bien por qué, pero se me había metido la idea de bajar a la cueva y ver de nuevo el tesoro. De verdad que no pretendía robar nada, sólo quedarme un rato admirando todo lo que está allí reunido. Esta vez llevaba una linterna como Dios manda, y pilas, y hasta una bombilla de repuesto. Me daría algo si me quedo a oscuras allí abajo.*

*Cuando llevaba un rato bajando por la rampa, tuve la sensación de que había más luz que la otra vez. Apagué la linterna y me di cuenta de que se veía un resplandor muy débil que debía de provenir de la cueva. Me imaginé que el Hombre Gris estaba allí abajo y, para avisarle de mi presencia empecé a dar voces, diciéndole que era Marta y que había venido a verle. No quería que creyese que iba a robarle.*

*No me contestó, aunque por si acaso seguí haciendo todo el ruido posible. Cuando llegué a la gruta, pude ver que las luces venían de la pila de oro.*

*El tesoro estaba rodeado por un círculo de candelabros encendidos (había por lo menos cien velas). El Hombre Gris estaba tumbado boca arriba sobre el montón de oro y no se movía. Me acerqué muy despacio, sin dejar de llamarle. Reconozco que pensé que se había muerto o algo así...*

Marta arrugó la nariz. ¿Qué era aquello de «se había muerto o algo así»? La gente se muere o no se muere. Con una pulcra raya, tachó la segunda parte de la oración y la terminó, simplemente, en «muerto».

*Sin embargo, el pecho se le movía. Respiraba muy hondo, como si cada vez que lo hiciera vaciara y llenara enteros los pulmones. Pensé que estaría haciendo yoga o algo así, aunque me extrañaba que lo hiciera tumbado sobre un montón de objetos de oro que se le tenían que estar clavando en la espalda.*

*Cuando pasé el círculo de candelabros noté algo muy extraño. Como cuando acercas la mano a la pantalla de la tele y se te eriza la piel, pero en todo el cuerpo. Si daba un paso atrás, dejaba de sentirlo, y sin embargo, si avanzaba, era más fuerte. Cuando pisé el tesoro, la sensación fue aún más rara. Tuve un fogonazo en la cabeza y se me fue la vista, como cuando estás sentada y te levantas demasiado deprisa, sobre todo en verano.*

*Di un rodeo para acercarme por otro lado al Hombre Gris, y sucedió lo mismo. Lo normal es que me hubiese ido de allí, porque era para asustar a cualquiera. Pero, no sé por qué, no tengo ningún miedo cuando estoy cerca del Hombre Gris. Pensé que necesitaba ayuda y me empeñé en acercarme.*

*El fogonazo volvió, y toda la piel se me erizó, como si la electricidad saliese de allí, del propio Hombre Gris. Aun así subí por el montón de oro, hasta llegar a él, y traté de tocarle la cara para hacer que volviera en sí. ¡Entonces sí que me di un susto! Estaba con los ojos abiertos, aunque no parecían los suyos. En vez de blancos los tenía rojos, y las pupilas se le ve-*

*ían rasgadas. Quise salir corriendo, pero no pude. Fue entonces cuando dejé de ver.*

*El Hombre Gris estaba soñando, y su sueño era tan intenso que entró en mi mente y yo lo soñé con él. Cuando todo terminó y miré el reloj, había pasado más o menos media hora; yo en cambio, tuve la sensación de que había sido un sueño larguísimo, como una película que hubiese durado días enteros. Ya sé que a veces ocurre eso con los sueños, que nos dormimos cinco minutos y parece que en esos cinco minutos pasan horas. Pero éste fue de verdad largo.*

*Yo tenía que ver con el sueño. Por alguna razón, le recuerdo al Hombre Gris a una hija que tuvo hace mucho tiempo, aunque al final vi a la chica en el sueño y yo creo que no nos parecemos demasiado.*

*Fueron tantas imágenes, y todo empezaba, y seguía, y volvía a empezar, y cada vez veía cosas nuevas, o era el propio Hombre Gris el que las veía... Al final todo tenía sentido, así que voy a resumirlo como pueda.*

*El Hombre Gris había olvidado su pasado: su nombre, su origen, quién era él de verdad, todo lo que le había pasado durante su vida. Y es una vida muy, muy larga. Nadie tiene por qué leer mi diario, así que nadie tiene por qué reírse de mí cuando diga que el Hombre Gris nació hace miles y miles de años. Si esto fuera lo más increíble...*

*En realidad, lo que estaba soñando el Hombre Gris eran sus recuerdos, y por eso todo volvía a empezar continuamente, pero cada vez con más detalles. Su memoria se estaba completando, y yo, según la veía, iba comprendiéndolo todo cada vez más.*

*Parece que el Hombre Gris ha empezado a recordar de nuevo gracias a mí. Hacía mucho que no visitaba su propia biblioteca, como hizo anteayer. Entrar allí de nuevo hizo que se desataran sus recuerdos, pero antes había sido la misma biblioteca la que le hizo olvidarlo todo. En el pasado reunió tantos libros y tantas experiencias, y aprendió tantas cosas, que de tanto saber empezó a olvidarse de todo.*

*Ya sé que suena raro, pero desde hacía siglos, cada vez que el Hombre Gris leía una página sobre algo que ya sabía (y prácticamente lo sabía todo), ese conocimiento se borraba de su mente, letra por letra, palabra por palabra.*

*Y sin embargo, él se obstinaba en seguir reuniendo libros, como si así pudiera recordar lo olvidado. Todo lo que conseguía era perder más y más memoria, abandonar un recuerdo tras otro, quedarse cada vez más vacío.*

*Hasta que, por fin, llegó al último libro: una especie de diario en el que hablaba de quién era él y de cómo había sido su vida. Lo había escrito por si llegaba a olvidar incluso eso. Y un día tuvo miedo, y abrió su diario y lo releyó. Ésa fue su perdición: según iba pasando las páginas, los últimos recuerdos se borraban de su cabeza. Olvidó su origen, su nacimiento, su nombre, su vida entera. Cuando cerró el libro y salió de allí, dejó de recordar incluso que existía la biblioteca, por lo que no volvió a pisarla durante muchos años. Exactamente hasta anteayer, cuando entró conmigo.*

*Todo eso ocurrió hace décadas. Desde entonces, el Hombre Gris quedó encerrado en su propio olvido.*

*Durante años vagó de un sitio a otro, sin saber quién era, prácticamente sin conciencia. Y sin embargo, era capaz de hacer muchas cosas. Sobre todo, robar oro para su tesoro, robarlo por todo el mundo sin que nadie pudiese jamás atraparle. Para él, apoderarse de tesoros es como para una araña coger mosquitos: algo que hace por instinto, sin tener que pensar.*

*(Luego, él mismo me ha dicho que este tiempo ha sido algo así como una niebla muy espesa, y que sabe que él estaba allí, pero era como si no estuviese. Creo que debe de ser como cuando se tiene mucha fiebre, o como cuando se está a medias dormido y a medias despierto. Aunque prefiero no saberlo: debe de ser horrible vivir sin ser consciente de que se está vivo.)*

*De todas maneras, el olvido no debía de ser completo. Una pequeña chispa quedaba en su interior, muy escondida, pero capaz de encender de nuevo la hoguera del recuerdo...*

¿Y esto lo he escrito yo?, se preguntó Marta. No sabía que tuviera tanta retórica dentro. Si es que aquellas palabras le habían salido de dentro, y no le venían dictadas del exterior...

*Entonces aparecí yo: la primera vez en el tren, luego en la plaza, después en la cueva. Él, aparentemente, no lograba recordarme de una vez para otra. Pero se había fijado en mí. Sólo con verme supo que yo aún era virgen, y por lo visto, los de su especie siempre han tenido debilidad por las doncellas. Además, le recordé a esa hija que tuvo hace tanto tiempo y cuya existencia ha-*

*bía olvidado. Los recuerdos fueron como las cuentas de un gigantesco rosario: empezó desgranando uno, después otro, y así surgieron todos. Al final, los recuerdos fueron tantos que le hicieron caer en ese trance en el que le sorprendí y del que yo misma he participado.*

*No sé muy bien cómo seguir. Siempre que escribo, tengo la impresión de que alguien me mira por encima del hombro y lo lee todo, y pienso que se va a reír de las tonterías que pongo. Si eso me pasa cuando escribo cosas normales, ¿cómo no me va a suceder ahora?*

*El Hombre Gris no es realmente un hombre. Bueno, en parte sí, porque tiene forma de hombre, voz de hombre, viste como un hombre y se comporta más o menos como un hombre. Pero en realidad, es algo muy distinto. Es un ser que en el pasado podía convertirse en hombre de vez en cuando, para después recobrar su forma original.*

*Desde hace mucho tiempo ha estudiado a los humanos, y por eso ha recopilado tantos libros, pues quería compartir nuestro saber. También le movía el afán coleccionista propio de su especie. Pero de tanto aprender sobre los hombres, se fue volviendo poco a poco uno de nosotros. Cada vez pasaba más tiempo con forma humana, y menos con su forma original, hasta que llegó el día en que ya no pudo recobrarla más, porque olvidó cómo hacerlo. Y después vino el olvido final.*

*El Hombre Gris es un dragón.*

Marta respiró hondo. Ahí estaba el meollo de la cuestión, el bocado que ningún lector podría digerir. ¿Acaso podía digerirlo ella?

*El Hombre Gris nació hace muchísimo tiempo, cuando los dragones dominaban la Tierra. Él es de los primeros de su estirpe, y seguramente ahora sea el último que queda.*

*Lo he visto tal y como fue, en todo su esplendor. Era una criatura magnífica. De la cabeza a la punta de la cola medía más de treinta metros, y su envergadura no era inferior. Su lomo era de color plateado y se iba volviendo blanco hacia el vientre. Tenía todo el cuerpo recubierto de escamas, grandes como la palma de una mano y duras como el metal: ni un solo punto débil por el que pudiera penetrar la lanza del enemigo.*

*Sus cuatro patas estaban armadas de garras largas y puntiagudas como colmillos de elefantes; pero, además, tenía espolones en las alas, enormes placas por toda la espina dorsal, y pinchos y crestas rodeando su cabeza. ¡Un enemigo formidable para cualquier guerrero! Y parece que devoró a unos cuantos, aunque la carne humana nunca ha sido de su gusto. Los huesos que rodean su tesoro pueden dar testimonio.*

*En muchas ocasiones le ofrecieron doncellas en sacrificio. Él se las llevaba a sus guaridas (ha tenido muchas a lo largo de su vida); sin embargo nunca las devoró. Tenía debilidad por ellas, y al principio sufría mucho, pues se morían sin que supiera por qué. Luego comprendió que se consumían por la combinación del miedo y el hambre, y por la exhalación de su propio aliento corrosivo en un lugar cerrado. Acabó por no aceptar sacrificios de doncellas, y a veces llegó a atacar a los mismos aldeanos que le ofrendaban a sus vírgenes.*

*He volado con él, o siendo él, como hice en el sueño de la otra noche. ¡Es impresionante! Puede subir hasta las nubes más altas, donde el aire se enrarece y está lleno de agujas de hielo, o planear rozando las copas de los árboles. Y aunque es enorme y su peso es tan exagerado que parece mentira que consiga levantarse del suelo, puede cambiar de dirección, planear, sobrevolar en círculos, quedarse suspendido en el aire, precipitarse en picado. Y puede hacer todo esto porque su poder es el poder de la Tierra, de una naturaleza que los humanos hemos llamado magia porque no podemos entenderla. Con él, he comprendido que la Tierra está viva y que tiene su propia alma. Es Ella la que sostiene al dragón en las alturas, es Ella la que le da el fuego de sus entrañas.*

*Porque, por supuesto, el dragón puede escupir fuego. He visto cómo luchaba contra una flota de barcos vikingos que descubrieron una de sus guaridas, en el Norte más remoto. Con un rugido espantoso, dejó a sus enemigos petrificados, y después vomitó una catarata de fuego sobre ellos. Los barcos seguían ardiendo incluso debajo del agua, mientras los pocos supervivientes nadaban aterrorizados hasta la orilla. Su fuego podía incluso fundir la roca más dura, porque era la misma llama que palpita en el corazón de la Tierra y que sale a la superficie en los volcanes.*

*Mientras soñaba, he visto al Hombre Gris crecer por dentro, y he compartido el orgullo que se despertaba en él al recordar cuán poderoso había sido. Él y su linaje fueron los dueños de la Tierra.*

*Hasta que llegaron unos enemigos nuevos, que no*

*eran de este mundo. No sé cuándo ocurrió, porque los dragones no miden el tiempo como los hombres, pero debió de ser en una época que se recuerda como mito. Los recién llegados eran poderosos: tanto, que los humanos los llamaron dioses. Traían el fuego del cielo y lo dejaban caer sobre la tierra en cascadas de destrucción.*

Marta estaba sudando. El recuerdo era muy intenso. Había sentido miedo, tanto como el que sentía ahora mismo, al releer unas palabras que sólo podían ser suyas a medias.

*Su llama era tan poderosa como la de los dragones, aunque de naturaleza celestial, y no terrestre, y vinieron dispuestos a arrebatarles el dominio de este mundo. Por todos los rincones de la Tierra, dioses y dragones se enfrentaron en terribles combates que destruyeron civilizaciones enteras. Los hombres no podían hacer más que asistir, espantados, a aquella lucha que incendiaba los mismos cimientos del mundo.*

*Los dragones y los dioses se fueron consumiendo, aniquilándose en aquella guerra tan igualada que nadie parecía capaz de vencer. Por fin, se enfrentaron los últimos que quedaban, los dos campeones más poderosos de cada bando: el dragón que luego sería el Hombre Gris, y el dios al que los hombres llamaban «señor del fuego celestial» y «soberano de la tormenta». El combate se libró en las montañas más altas del Oriente. Nunca se había visto una batalla similar, ni se volvió a ver. El dragón, aunque quedó tan malheri-*

*do que necesitó un siglo para reponerse de sus heridas, logró derrotar a su enemigo, y como trofeo le arrancó los ojos y el corazón.*

Marta había dejado de escribir, asustada por la intensidad de las sensaciones que había vivido. En el sueño había sentido el calor del fuego, el fragor de los truenos, la desesperación del dragón al creerse vencido y su embriaguez final al derrotar al enemigo.

Y después había soñado con la hija del dragón. Sí, el dragón, muchos años más tarde, había concebido una criatura mortal uniéndose, en su forma humana, con una célebre hechicera. Marta se miró en un espejo, y el rostro que la miraba era el de la hija del dragón, y la hija del dragón sonrió con tristeza al ver a Marta. No se parecían tanto, pero de alguna manera eran la misma persona. Marta supo que algo terrible había sucedido, pero en el sueño apareció una pared negra y no pudo ver más allá.

Entonces se había despertado, con los ojos llenos de lágrimas. Estaba de rodillas, al lado del Hombre Gris. Éste parpadeó. Cuando abrió los ojos de nuevo, estos se veían grises y no rojos. Miró a Marta y movió gravemente la cabeza.

—Ahora sé quién soy, gracias a ti, joven Marta.

—¿Eres…, eres un dragón?

—Ésa ha sido siempre mi naturaleza. Un gigantesco gusano de la Tierra, mi querida niña.

—¿Cuál es tu nombre?

El Hombre Gris se puso en pie, tendió la mano a Marta y la ayudó a bajar de la pila de oro.

—Soy Iluyanka. Ése es mi nombre. Ahora lo recuerdo.

—Iluyanka… ¿Y cómo se llamaba tu hija?

—Inara.

—¿Qué pasó con ella?

El Hombre Gris, que se había llamado a sí mismo Iluyanka, cerró los ojos un instante y, antes de contestar, apretó los puños.

—No quieras saber más, joven Marta. Lo que le sucedió a ella no te sucederá a ti. Por el honor de los dragones.

* * *

Aquella noche, mientras Marta releía su diario, Iluyanka, el Hombre Gris, subió a la torre del castillo en el que llevaba viviendo más tiempo del que podía recordar. La última morada que le quedaba. Antaño había poseído otras, sin embargo por una u otra razón (entre ellas el olvido) las había ido perdiendo.

La Luna estaba en cuarto creciente, casi llena, y su luz se reflejaba en el pantano. La noche era ventosa y desapacible, las aguas estaban revueltas, el viento hacía sonar mil voces en las copas de los árboles.

Después de tantos años de adormecimiento, Iluyanka se sentía, con la claridad de la atmósfera que aparece una vez ha pasado la tormenta, despierto, despejado. Sus sentidos percibían todo lo que le rodeaba con una agudeza casi dolorosa: los chillidos ultrasónicos de los murciélagos, el ulular de los búhos, el aroma dulzón de la materia orgánica que se pudría en el bosque, el vago ronquido de la Tierra, su madre, que se transmitía a sus dedos a través de la roca del castillo...

Más tarde, cuando la doncella ya se había marchado, Iluyanka había vuelto a dormirse. Y de nuevo habían venido a él los sueños de dragón. ¿Era así, era en verdad un dragón? El Hombre Gris tenía miedo de que los recuerdos fuesen falsos, de no ser más que un viejo loco engañado por sus desvaríos.

Se asomó hacia abajo, donde el lienzo del castillo se unía con el acantilado en una caída vertiginosa. Podía comprobar si todo era verdad. Sólo tenía que ponerse de pie entre las almenas y dejarse caer. El viento lo atraparía, y planearía en él, y volaría por encima de las aguas como había soñado, levantándose hacia la Luna.

Y si todo era mentira, su cuerpo chocaría contra las rocas y rebotaría, rompiéndose como un guiñapo en cada piedra hasta llegar al agua y hundirse en el olvido, esta vez definitivo.

No. Aún no.

Verdad o mentira, los recuerdos crecían dentro de su cabeza. Pesaban tanto que tenía que apoyarse en la almena para no caer de rodillas. Sobre todo aquellos que no quería, los del tiempo en que se mezclaba su implacable naturaleza de dragón con las crecientes debilidades y escrúpulos de hombre.

Y en particular los recuerdos de aquella hermosa muchacha, Inara, que había dejado que el hijo del enemigo la atrapara en las redes del amor. Como dragón, no había vacilado en castigarla por la traición. Como humano, había comprendido demasiado tarde que el cadáver de una hija no puede ya abrazar a un padre.

Si quería sobrevivir y no dejarse hundir por los recuerdos, tenía que recobrar su fuerza de dragón. Pero sólo sabía un modo de hacerlo y tenía miedo de que aquel conocimiento fuera falso, un delirio interpretado por él como recuerdo. Si se equivocaba, sería su fin.

Pues para volver a ser dragón, debería reducir su carne humana a cenizas y después renacer de ellas como el ave Fénix.

* * *

Por un azar que, dados los dos personajes, tal vez fuese cósmico, el Sr. Storm también estaba asomado a la azotea de la torre Gaudí, en Madrid, debajo de aquella misma Luna y recordando el pasado.

El dolor de la derrota no se había aliviado después de tantos siglos. Para recordarlo, tenía aquel agujero en el pecho, siempre doloroso. Y los ojos… Nadie hubiera dicho que el Sr. Storm era ciego: el resto de sus sentidos poseía tal agudeza que podían suplir la falta de visión. Incluso podía percibir en su piel el calor de la luz del Sol al reflejarse en la Luna, y saber por tanto en qué fase estaba. ¿Lograría una proeza tal la tecnología de la que tan orgullosos se sentían los humanos?

Pero no podía ver la Luna, ni las estrellas, verlas de verdad, y quería hacerlo de nuevo.

Sus manos percibían una vibración sobre la barandilla de la azotea. Era una trepidación tan leve que quedaba por debajo del umbral de los seísmos más débiles. Los instrumentos humanos no podían percibirla, pero Storm era bien consciente de ella. Aquel latido le hacía sentirse enfermo. Hasta que no se extinguiese, él, señor del fuego celestial, no podría poner sus pies sobre el suelo. Pues ese latido era el poder de la Tierra, y seguiría rechazándole mientras respirase Iluyanka, el último de sus hijos.

## 10. Navegantes

A la mañana siguiente, antes de irse a clase, Marta pensó mil maneras de contarle todo aquello a Argi sin que sonara absurdo. No tenía ganas de que se riera de ella. Al final, decidió que lo mejor era dejarle leer las últimas páginas del diario y que él mismo juzgase.

La ocasión llegó en clase de Inglés. Estaban preparando unos ejercicios con mucha calma: el profesor parecía empeñado en atender de una forma muy personal a Mónica Garzo, una rubita encantadora y de aspecto inocente que las mataba callando. Ruth, por supuesto, estaba enfadadísima. («De todas maneras, prácticamente he quedado con él para este fin de semana», insistía ante el escepticismo de sus compañeras.) Buena parte de las demás chicas se sentían casi tan ofendidas como Ruth por tanta predilección. Y, entretanto, los chicos se dedicaban a jugar a los barquitos, leer la prensa deportiva y algunos, los más audaces, a la ancestral costumbre de tirarse granitos de arroz utilizando los bolígrafos como cerbatanas.

Marta pensó que aquel Lasso estaría como un tren (la verdad es que no podía negarlo), pero que como profesor no se tomaba las clases demasiado en serio. Aparte de presumir de sus viajes por *IúEsÉi,* no había avanzado más de dos páginas con el libro de Inglés.

Argi estaba enfrascado en el primer volumen de su trilogía de trilogías. Parecía una buena ocasión para dejarle el diario.

—¿Te importa leer esto y decirme qué te parece?

Argi se quedó mirando las pastas. Todo lo que pasó por su mente cruzó a la vez por su rostro. Debía de estar pensando que, puesto que era un diario personal, Marta le estaba entregando una declaración de amor, y el resultado final fue que enrojeció. La propia Marta empezó a ruborizarse, y reaccionó con un enfado que la sorprendió a ella misma:

—¡Léelo de una vez, hombre! —se arrepintió al momento y añadió con más suavidad—: Es por donde te he puesto la señal.

Al principio, Argi pareció sentirse decepcionado. Ni siquiera había referencias hacia su persona. Pero luego, según avanzaba por aquella caligrafía meticulosa, empezó a interesarse y, al final, estaba tan concentrado como con la novela.

—No se te da mal esto de la fantasía —comentó al terminar, mientras hacía amago de leer en las páginas del principio.

Marta le quitó el diario y se lo guardó en la cartera.

—No es ninguna fantasía. Sabía que no te lo ibas a creer. Pues es todo verdad.

—¡Un poco de silencio, por favor! —pidió el profesor.

Después, con todo el descaro del mundo, siguió ayudando a Mónica Garzo con sus ejercicios. Ruth hizo algún comentario poco caritativo sobre la chica, aderezado con el verbo «reventar» en subjuntivo de deseo y un par de palabrotas. Hubo algunas carcajadas alrededor.

Argi se quedó mirando a Marta, con gesto grave.

—Mira, Marta. Te has tomado esta historia del Hombre Gris muy en serio, pero no puedes pretender que yo me crea lo que has escrito aquí.

—¡Eres el único que puede aceptarlo!

—¿Por qué?

Marta le señaló el grueso volumen de la hechicera exuberante.

—Por eso. ¿Para qué lees fantasía si no estás dispuesto a creer en ella?

—Ya te he dicho más de una vez que una cosa no tiene nada que ver con la otra. También me divierten las novelas de vampiros, pero no me acuesto con un crucifijo al cuello ni con una ristra de ajos encima de la cama.

Marta le tomó la mano entre las suyas y apretó con fuerza.

—Por favor, Argi, mírame a los ojos. ¿Te estoy mintiendo? ¿De verdad piensas que te estoy mintiendo? Dime que no me crees. Venga, dímelo.

Argi le sostuvo la mirada un par de segundos. Dos

mesas más allá se oyó un murmullo: «Que se besen, que se besen…» Se apresuraron a soltarse.

—Te creo —dijo Argi, agachando los ojos—. Es decir, creo que tú crees en lo que me has contado —se explicó, con suavidad; después, añadió con más vehemencia—: ¡Pero no puedo creer que existan dragones de verdad! Están muy bien para las leyendas, y para las novelas, y hasta para las películas, pero no para el mundo real.

—Pero, ¿no te das cuenta de que hay demasiadas coincidencias? —Marta se dio cuenta de que estaba subiendo la voz y susurró—: Acuérdate del tesoro. Eso era real. Lo vimos los dos.

—Bueno, supongo que lo vimos. Yo ya no sé qué creer…

—En casi todos los cuentos, los dragones tienen grandes tesoros, y duermen sobre ellos. ¡Lo mismo que hace Iluyanka!

—Una vez vi una película de un tío que se creía un vampiro, y dormía dentro de un ataúd. Pero no por eso era un vampiro. ¿Qué más cuadra? A ver, dime.

—Yo… no lo sé ahora. Tampoco entiendo mucho de dragones. Sólo he leído algunas novelas, y en cada una de ellas los describen de distinta forma. Pero seguro que podemos consultarlo en algún sitio, y ya verás cómo hay más hechos que concuerdan.

—Pues lo siento, yo no tengo ningún manual sobre dragones. Un libro de *rol,* sí, pero mi hermano se lo ha dejado a un amigo y no sé por dónde anda.

Marta tuvo una inspiración. Los juegos de *rol* le hicieron pensar en juegos de ordenador, y de ahí...

—¡En Internet! Podemos buscar en Internet. Seguro que hay cantidad de información sobre dragones.

Argi pareció animarse.

—Eso no estaría mal. A lo mejor hasta encontramos a alguien tan loco como tú… Perdona, no lo digo por insultarte, me encanta la gente chiflada.

—Me imagino —respondió Marta, con cierta ironía.

Si en ese mismo momento hiciera una votación en la clase para decidir cuál de los dos estaba peor de la cabeza, si Argi o ella, no tenía dudas de cuál sería el resultado.

—El problema va a ser encontrar un ordenador con conexión. A mí me quitaron mis padres de Internet hace medio año, cuando les llegó la factura del teléfono. Aquí en el instituto tenemos la posibilidad de conectarnos, pero vete a decirle al de la biblioteca que lo queremos para hacer un estudio sobre los dragones, con lo rácano que es. Ni que lo pagara él.

—Bueno, yo nunca entro en Internet, pero sé que mi tío tiene conexión.

Argi soltó un conocido, pero malsonante, superlativo de «bueno». Con tan mala suerte que en ese momento se hizo en la clase uno de esos silencios que suelen atribuirse a los ángeles. El resultado fue que Lasso recordó que estaba a cargo de la disciplina de la clase, por lo que expulsó a Argi al pasillo, y el chico tuvo que dejar para más tarde la conversación con Marta.

* * *

Germán se iba a Salamanca el viernes antes de comer, en cuanto saliera de clase, para pasar allí el fin de semana con María Jesús y otros dos compañeros. Algo le decía a Marta que su tío y la profesora de Literatura volverían como algo más que amigos, pero en aquel momento le interesaban otros temas. Así que se levantó más temprano de lo habitual y preparó el desayuno para su tío mientras éste se afeitaba.

—¡Vaya, qué sorpresa más agradable! ¡Con huevos revueltos y todo, como los americanos! —Germán se acercó a su sobrina y le dio en la mejilla un ruidoso beso de sacacorchos—. Este fin de semana te voy a dar una paga extra sólo por esto.

—Hombre, si de verdad me quieres hacer un favor...

Mientras se sentaba a la mesa, Germán enarcó una ceja, a la defensiva.

—No pretenderás organizar aquí una fiesta, ¿no? Los vecinos no están para esas bromas.

—¡No, qué va! —respondió Marta, contenta de poder pedirle a su tío algo más inofensivo—. Es que Argi y yo tenemos que hacer un trabajo y tendríamos que buscar en Internet.

—Ya entiendo. Pero tú no sabes *navegar,* ¿no?

—Yo no, pero Argi sí. De verdad que no vamos a estar mucho rato.

Germán asintió, con la boca llena.

—Estos huevos se merecen por lo menos dos horas de conexión. Si Argi sabe *navegar,* no creo que haya problema. La contraseña está apuntada en un papel pegado a la impresora. Se supone que es secreta, pero la tengo ahí porque siempre se me olvida.

Ya en el instituto, antes de marchar cada uno a sus clases, Germán le dijo:

—Bueno, supongo que te podrás quedar sola en casa y que no hará falta que te suelte una charla como haría tu madre, ¿no?

—¡Desde luego que no! —respondió Marta, horrorizada.

—Te considero una chica responsable, así que no te diré nada. Bueno, que apagues el gas por la noche y…

Esta vez fue Marta quien le dio el beso.

—Tranquilo, tío. Si la mitad de las noches soy yo quien se acuerda de cerrar la llave. ¡Que tengas suerte este fin de semana!

Germán la miró, un poco desconcertado.

—¿Suerte? ¿Por qué?

—No, por nada. Me refería al viaje. ¡Cuidado con la carretera!

Cuando llegó a clase, Ruth y el Zanahoria le preguntaron si contaban con ella para la cena del sábado por la noche, con la que los compañeros celebraban el fin del trimestre.

—Al final vamos a ir a un chino —le dijo el Zanahoria—, y hemos hablado para que nos cueste mil por cabeza.

Marta hizo rápidamente sus cálculos. Se lo podía permitir. Hasta entonces no había salido por la noche los fines de semana, pero le hacía ilusión que sus compañeros contaran con ella.

—De acuerdo.

—Hemos invitado al *profe* de Inglés —le dijo Ruth,

hablando a toda velocidad—. Como es un tío que se enrolla bien…

—Le habrás invitado tú —protestó el Zanahoria—. A mí no me sentéis al lado de ese chulo.

—Descuida, que ya habrá muchas pegándose por ese honor —intervino Argi, que entraba en ese momento—. Por cierto, yo también voy.

—Ah, vaya, qué bien —respondió el Zanahoria, sin molestarse en fingir entusiasmo.

Sonó el timbre, y los alumnos empezaron a entrar en las clases con su parsimonia acostumbrada. Cuando se sentaron, Marta le dijo a Argi:

—¡Tenemos vía libre! Mi tío se va a Salamanca. Puedes venir cuando quieras para mirar en Internet.

—Lo bueno sería hacerlo cuanto antes, porque por la tarde Internet va más lenta que el caballo del malo.

Marta se quedó pensando.

—Hoy salimos a la una y cuarto. Si te vienes directo a mi casa, podemos *navegar* un rato y después comer allí. ¿Qué te parece si encargamos una pizza?

Argi se rascó el bolsillo y sacó una triste moneda de veinticinco.

—Si me invitas…

«Para variar», pensó Marta, pero no dijo nada.

Cuando se acabaron las clases, hubo una breve reunión para confirmar la hora de la cena. Quedaron a las diez de la noche. Mientras discutían sobre el lugar al que irían después para tomar algo, Marta y Argi se marcharon.

Cuando llegaron a casa de Marta, ésta hizo de anfitriona durante unos cuarenta segundos. Tras aquella visita relámpago («aquí la cocina-el baño-mi cuarto-y qué más da»), le llevó al despacho de su tío.

—Éste es el ordenador. ¿Qué te parece?

Argi se sentó en silencio y lo encendió. Mientras arrancaba el sistema, comprobó algunos datos.

—Bueno, no está mal —contestó por fin, con cierto menosprecio—. El mío es bastante más rápido, pero éste servirá.

Argi introdujo la contraseña y el *módem* se conectó entre insoportables pitidos.

—Eso es que va bien —dijo Marta—. Cuando mi tío entra en Internet, siempre suena así.

—No me digas —contestó Argi con suficiencia.

En la pantalla apareció el mensaje de bienvenida de un servidor de Internet. Marta se estaba impacientando.

—¿Cuándo vamos a ver algo de dragones?

—¡Tranquila, tía, que esto no es como en las películas! Tenemos que ir a un buscador, y preguntar en él. A ver…

—Eeh… Me imagino lo que es un buscador, pero sólo tengo una idea muy vaga. ¿Qué tal si me lo explicas?

Argi tecleó algo, pulsó la tecla de «INTRO» y se acomodó en el asiento.

—Lo mejor es que lo veas en la práctica. Mira, ya va saliendo la pantalla. Esto que ves es lo que se llama una página *web,* ¿de acuerdo? Es un documento, con sus letras, sus dibujos, y todas esas chorradas. En este caso, como se trata de un buscador, hay un recuadro en blanco para que dentro teclees una palabra, o varias, que tengan que ver con lo que quieres buscar. El buscador es un servicio que se da una vuelta por los *nosecuántos* millones de páginas que tiene registradas por todo el mundo y busca las que tengan esas palabras que hemos escrito. Por ejemplo, yo ahora voy a poner dragón y dragones. ¿Te parece?

—Y así veremos todas las páginas en que haya dragones, ¿no?

—Bueno, más bien veremos una lista de las páginas en las que aparezcan las palabras dragón y dragones. A lo mejor tienen que ver con un equipo de fútbol americano, o con una película de Bruce Lee.

Tras un minuto de espera, apareció la lista que buscaban. Argi le señaló los puntos esenciales, y Marta comprobó que había ciento noventa documentos en los que aparecía la palabra «dragón».

Aquello parecía una nueva y maravillosa forma de biblioteca. Marta se imaginó que cada una de aquellas entradas subrayadas en azul era un libro completo, lleno de información, pero Argi la sacó de su error.

—Muchas de esas páginas están repetidas, y además, la mayoría resulta ser una chorrada, escrita por cualquier cantamañanas que no tiene nada mejor que hacer. Hay que echar un vistazo para ver cuáles hablan de verdad sobre dragones.

Después de descartar información y de entrar en varias páginas que no tenían nada interesante, dieron por fin con una que mostraba unas ilustraciones magníficas. El texto, sin embargo, era bastante simple y no añadía nada a lo que ya sabían.

—Vamos a ver qué enlaces tiene —dijo Argi.

—Si de paso me cuentas qué son los enlaces…

—Cuando alguien crea una página *web,* suele incluir enlaces, que sirven para ir a otras páginas que tengan que ver con la suya. ¿Ves estos nombres subrayados? Son direcciones de Internet. Cuando paso el puntero del ratón por encima de un enlace, se convierte en una mano. ¿Lo ves? Ahora, pulso y, ¡zas!, nos vamos a otro sitio. ¡Aquí tenemos más dragones!

Pasaron cerca de dos horas *navegando* de una página a otra, siguiendo enlaces que llevaban a otros enlaces en un anillo interminable. Al principio perdieron mucho tiempo y no encontraron nada que no supieran, hasta que se decidieron a entrar en páginas escritas en inglés. Con paciencia, y traduciendo entre los dos, fueron entresacando información. Marta se sorprendió de la cantidad de gente que se dedicaba a crear páginas sobre dragones, con diseños muy cuidados e ilustraciones magníficas, y se hizo el propósito de aprender a *navegar* por Internet ella sola. ¡Tal vez crearía su propia página!

Al final, tenían datos y opiniones para todos los gustos. En general, casi todo el mundo estaba de acuerdo en que los dragones vuelan, escupen fuego, tienen la sangre corrosiva, la mirada hipnótica y grandes tesoros escondidos. Sobre otros aspectos, las diferencias eran mayores. Según unos, los dragones podían hablar, y según otros, no. (Si lo hacían, solía ser en acertijos.) Para algunos, eran muy sabios y conocían muchas lenguas, mientras que otros opinaban que se trataba de simples criaturas irracionales. Eran seres mágicos, o, por el contrario, animales evolucionados según las leyes de la naturaleza. Se comían a las doncellas sin dejar más que los huesos, o las respetaban y prácticamente dormían en sus regazos, como los unicornios. Tenían un punto vulnerable, o muchos o ninguno. Podían tomar apariencia humana o no. Si conseguías comer corazón de dragón, podías llegar a entender el idioma de los pájaros (como le había pasado a Sigfrido)... o hacerte un boquete en el estómago. Incluso algunos dragones tenían alas (los occidentales) y otros no (los orientales).

—¿Con qué nos quedamos? —preguntó Argi, cansado de luchar con el diccionario de inglés (lo cual, además, le recordaba su humillante expulsión de la clase de Lasso el día anterior).

—Bueno, hay cosas que cuadran, como ya te dije —Marta hizo recuento con los dedos—. El Hombre Gris tiene un tesoro y duerme sobre él. Eso es típico de los dragones. Le gusta el conocimiento, y por eso tiene una biblioteca enorme. Le llaman la atención…, en fin…, las doncellas —Marta enrojeció, y pasó rápidamente al siguiente punto—. No sé cómo lo hace, pero domina a los pájaros. ¿Te conté lo de la paloma en la plaza?

—Sí. Curioso. ¿Algo más?

—Su manera de hablar es extraña. No es que sean acertijos, pero casi nunca se expresa de forma directa.

—Todo eso está muy bien, pero no hay nada que sea forzosamente sobrenatural. Un ladrón también puede tener un tesoro, y cualquier chiflado puede dormir encima de donde le dé la gana. Piensa en los faquires. Las chicas guapas le gustan a cualquiera, y tú eres una... Bueno, eso —esta vez fue Argi el que enrojeció.

Marta sonrió halagada. Argi no era de los que dijeran cumplidos, así que debía sentirlo de verdad.

Argi prosiguió sus argumentos:

—Hay mucha gente a la que le gustan los libros y, sin embargo, no tiene alas ni escupe fuego. Lo de que la paloma se posara en su mano y luego en la tuya pudo ser casualidad, o yo qué sé, a lo mejor la tiene amaestrada. ¿No existen palomas mensajeras?

Marta se sentía impotente ante la obcecación de Argi.

—Y lo de mi sueño, ¿qué? ¿Era telepatía? No me dirás que la telepatía es muy normal.

—No sé, Marta. También existe la sugestión.

—¿Y las serpientes, y el fuego, y…?

Argi la miró casi disculpándose, y Marta supo que estaba pensando también en sugestión, en alucinaciones o en algo similar.

—Yo quiero creerte, pero me cuesta mucho. Entiéndeme, no me pides que acepte cualquier tontería. ¡Prefiero creer en los Reyes Magos antes que en tu amigo Iturralka!

—Se llama Iluyanka, y no hace falta que… —Marta tuvo una repentina inspiración—. Oye, ¿no podrías buscar por ese nombre, para ver si encontramos algo? No creo que sea demasiado corriente.

—No, desde luego que no lo es. A ver, díctamelo.

—No sé cómo se escribe. Habrá que ir probando.

Argi tecleó «Ilullanca», pulsó INTRO y aguardó. La respuesta llegó poco después: «LO SENTIMOS. NO SE HAN ENCONTRADO REFERENCIAS.»

—Prueba con «y» en vez de con «ll».

Argi escribió esta vez «Iluyanca». Siguieron sin obtener resultados. Probaron con la «k», con la «h» y sin ella; también escribieron «Yluyanka» y todas sus variantes, y en ningún caso lograron respuesta. Marta se sentía cada vez más decepcionada. Había llegado a creer que su idea serviría para algo, por lo que se negaba a rendirse.

—Déjame probar a mí —le dijo a Argi.

—Tú misma. Yo creo que ya lo he escrito de todas las formas posibles.

Marta empezó a teclear de nuevo todas las variantes del nombre, mientras Argi se dedicaba a curiosear entre los objetos que tenía Germán en su despacho.

—Aunque pulses veinte veces el ENTER, no va a ir más rápido. No seas impaciente.

—¡Esto es muy lento!

—Si tienes en cuenta que cada vez que haces una pregunta le estás dando un par de vueltas al mundo entero, no creo que sea para quejarse tanto. Oye, te has equivocado. Has puesto dos eles en vez de una.

Argi ya iba a pulsar con el ratón en DETENER cuando apareció la respuesta. ¡Diez entradas para el nombre Illuyanka!

—¡Bingo! —exclamó Marta—. Aquí lo tenemos.

—¿Pero no hemos quedado en que era Iluyanka?

—Bueno, será con «ele» doble, no con «elle». Así es como la pronunciamos en Latín, ¿no? Mira, lee esto. La primera entrada te va a parecer muy interesante.

Marta fue traduciendo del inglés:

—«Iapetus, un titán, padre de Prometeo. Ida, una

de las dos ninfas que no sé cuántos al niño Zeus en el monte Ida después de que etcétera, etcétera.» Y aquí lo que nos interesa: «Illuyanka, el terrible dragón de la mitología hitita...» Y de momento se corta. Pero mira lo que dice: ¡Un dragón!

—Se ve que es una página de mitología —dijo Argi.

—Sí, pero lo que queda bastante claro es que Iluyanka es un dragón. ¿Qué hago para ver más, pulsar en la línea azul?

—Sí.

Apareció en pantalla una página de un azul chillón, en la que tan sólo encontraron una línea sobre Illuyanka. «El terrible dragón de la mitología hitita, al que derrotó el dios de la tempestad», tradujo Marta. Volvieron atrás y buscaron en otras entradas. Algunas no les llevaron a ningún sitio. Otras coincidieron en un mismo texto, un resumen sobre mitología hitita. Primero se enteraron de quiénes eran los hititas, dueños de un poderoso imperio en Asia Menor (la actual Turquía) durante el segundo milenio antes de Cristo, que habían llegado a poner en jaque al gran faraón Ramsés II. Después, pasaron con rapidez una larga lista de dioses hasta llegar a lo que buscaban.

*Illuyankas:*

*Este terrible dragón era enemigo mortal del dios de la tormenta. Ambos se enfrentaron en Kiskilussa. El dragón derrotó al dios de la tormenta, le quitó el corazón y los ojos y los guardó en su cubil.*

*Más adelante, el dios de la tormenta, mediante una*

*traición, consiguió recobrar su corazón y sus ojos, y aniquiló al dragón.*

—¿Qué, esto no te dice nada? —preguntó Marta—. Yo diría que las coincidencias son demasiadas para negarse a reconocerlas.

—No sé, todo esto me suena a algo que me has contado, pero...

Marta se levantó, fue a su habitación y sacó el diario de su escondrijo. Tuvo que revolver la mitad de su ropa, y mientras lo hacía se dijo a sí misma que era una tontería tomar tantas precauciones. La gente como su tío jamás leería un diario personal ni una carta aunque los tuviera abiertos delante de sus narices. La gente como su madre sería capaz de encontrarlos aunque estuvieran guardados bajo siete llaves en el centro de la Tierra.

Volvió al despacho y abrió el diario.

—Mira, te voy a leer esto otra vez, y dime si la historia no te suena.

Casi al momento se arrepintió, porque siempre le había dado vergüenza leer en voz alta lo que ella misma escribía. Pero ya era tarde para rectificar.

—«Hasta que llegaron unos enemigos nuevos, que no eran de este mundo. No sé cuándo ocurrió, porque los dragones no miden el tiempo como los hombres, pero debió de ser en una época que se recuerda como mito. Los recién llegados eran poderosos: tanto, que los humanos los llamaron dioses. Traían el fuego del cielo y lo dejaban caer sobre la Tierra en cascadas de destrucción. Su llama era tan poderosa como la de los dragones, aunque de naturaleza celestial, y no terrestre, y vinieron dispuestos a arrebatarles el dominio de este mundo. Por todos los rincones de la Tierra, dioses y dragones se enfrentaron en terribles combates que destruyeron civilizaciones enteras. Los hombres no podían hacer más que asistir, espantados, a aquella lucha que incendiaba los mismos cimientos del mundo.

Los dragones y los dioses se fueron consumiendo, aniquilándose en aquella guerra tan igualada que nadie parecía capaz de vencer. Por fin, se enfrentaron los últimos que quedaban, los dos campeones más poderosos de cada bando: el dragón que luego sería el Hombre Gris, y el dios al que los hombres llamaban "señor del fuego celestial" y "soberano de la tormenta". El combate se libró en las montañas más altas del Oriente. Nunca se había visto una batalla similar, ni se volvió a ver. El dragón, aunque quedó tan malherido que necesitó un siglo para reponerse de sus heridas, logró derrotar a su enemigo, y como trofeo le arrancó los ojos y el corazón.»

Cuando Marta terminó, se dio cuenta de que Argi la miraba con los ojos muy abiertos, casi asustado.

—¿Qué pasa?

—Demonios, parecía que estabas en trance…

Tal vez lo había estado, pensó Marta. Al releer su diario, el recuerdo de los sueños del dragón había sido más vívido que algunas de sus propias memorias. ¿Alguna vez lograría sacar aquellas imágenes de su cabeza? ¿O querría sacarlas?

—¡Yo nunca había oído hablar del dragón Iluyanka, Argi! —arguyó con pasión—. ¡Ni siquiera sabía quiénes eran los hititas hasta que lo hemos visto en el ordenador!

—Pero él, el Hombre Gris, sí debe conocer ese mito y…

—Él no me lo ha contado, Argi. ¡Todo lo que escribo lo vi en mi mente! ¿Cómo llegó allí, si yo jamás había leído esa historia?

Argi se dejó resbalar por la silla y se mordió los labios, nervioso. Se había quedado sin argumentos.

Sin saber muy bien qué hacer, tomó el ratón y volvió a la pantalla del buscador. Había allí algo en lo que antes no había reparado.

—Mira esto, Marta. Es increíble, pero está en castellano.

Era la última entrada del buscador.

*Los dragones existen. Estos magníficos animales poblaron una vez la Tierra, pero su metabolismo era tan corrosivo que destruyó sus propios huesos. Si no hay fósiles, ¿dónde encontrar las huellas de los dragones? ¿Y si todavía existen entre…?*

—¿Qué más?

—Aquí se corta. El buscador sólo te da un resumen de esta página, y luego la dirección.

—¡Pues vamos a ella!

La página era muy llamativa. El fondo era negro, pero estaba bordeado por llamas que pasaban del rojo al azul. De una terrorífica cabeza de dragón brotaba un chorro de fuego, que se convertía en las letras del mensaje «**¡LOS DRAGONES EXISTEN!**», alternándose en varios idiomas. Seleccionaron el castellano y esperaron.

La página era larga y tardó un par de minutos en cargarse en el ordenador. La leyeron entera, y a cada línea el entusiasmo de Marta era mayor. ¡Todo parecía coincidir! La teoría del autor de la página era que tal vez siguiera existiendo algún dragón entre nosotros, camuflado como hombre.

El final era lo más interesante.

*Porque los dragones dominaron el arte de imitar las formas de sus enemigos. ¿Y si alguno de ellos, el último, el más poderoso, hubiera quedado encerrado en su forma mortal? ¿Y si fuera incapaz de recordar la forma de volver a ser dragón? ¿Cómo se le reconocería entonces?*

*Si guarda un tesoro en lo más profundo de una cueva.*

*Si duerme sobre el oro, como hacía cuando tenía forma de dragón.*

*Si es capaz de comunicarse con las aves, que son sus lejanas descendientes.*

*Si parpadea hacia arriba, como un reptil. (Pues el dragón es pariente de los reptiles, aunque su sangre no sea fría.)*

*Si su mirada tiene el magnetismo del imán.*

*Si no quiere que el hierro lo toque.*

*Si es incapaz de resistirse a los encantos de una bella muchacha virgen.*

*Entonces, no lo dudes: ¡el poderoso dragón aún vive! Su nombre es Iluyanka, y el mito que habló de su muerte es una profecía que aún no se ha cumplido. Porque aunque el dios de la tormenta tramó un engaño utilizando a la hija del dragón, el gran gusano lo descubrió y se libró de él.*

*En algún lugar del mundo, Iluyanka, el dragón, aún guarda los ojos y el corazón de su enemigo, y la batalla final todavía está por llegar.*

—¿Te rindes, Argi?

—Supongo que no tengo más remedio —reconoció el muchacho—. Aunque yo creo que lo que pasa es que tu amigo el Hombre Gris me debió atizar tan fuerte que aún estoy en coma en el hospital, soñando con esta historia tan absurda.

—Rara sí es, Argi, pero no absurda. Todo va teniendo sentido, ¿no te das cuenta?

De pronto, Marta se sintió triste. Había recordado a la muchacha que vio en el espejo de su sueño. La hija del dragón. ¿Qué habría sido de ella?

—Mira, Marta. Al final hay una dirección de correo electrónico. ¿Qué tal si la usamos?

—¿Para qué?

—Para contactar con el que ha diseñado esta página. Puedes contarle tu historia, a ver qué le parece. Mira lo que pone: «Si quieres saber más, manda un *e-mail* a *Storm@lyonesse.es* y firma en su libro de huéspedes.» ¿Qué quieres contarle? Seguro que es un chiflado de los dragones, pero a lo mejor nos explica algo más.

Marta se quedó pensativa. El Hombre Gris le había pedido que no le contara nada a nadie. Ya había hablado con Argi, pero el muchacho había estado en la

aventura desde el principio y Marta confiaba en él. Sin embargo, compartir con alguien más la historia del dragón le parecía una especie de traición. «Secreto de dos, secreto de Dios; secreto de tres, secreto no es», como decía su abuela.

—Creo que es mejor no mandarle ningún mensaje.

—¿Estás boba o qué?

—No me parece bien. Podría meter en algún lío al Hombre Gris.

—¿Por enviar un mensaje en Internet a vete a saber dónde? No tienes por qué dar la dirección de tu casa, ni la del castillo de tu dragón. Sólo cuentas un poco lo que ha sucedido, y a ver qué opina este experto.

Marta se lo pensó. Tal vez si podía consultar con otra persona confirmaría que lo sucedido en los últimos días no era sólo un delirio de su mente. Se sentía tan extraña y absurda al creer en una fábula de dragones y dioses que necesitaba el apoyo de alguien más.

—De acuerdo.

Enviaron un mensaje en el que resumían todo lo que les había ocurrido desde su primera visita al castillo de Raposas, incluidas las imágenes que había compartido Marta con el Hombre Gris. No incluyeron nombres de lugar ni detalles geográficos concretos. Marta pensó que así la seguridad del Hombre Gris estaría a salvo.

Aunque intentaron ser lo más concisos posibles, el texto final era bastante largo. Para poder enviarlo, tuvieron antes que firmar en el llamado «Libro de huéspedes de Storm», que era el creador de la página. Simplemente escribieron «Marta y Argi».

—¿Y cuándo recibimos la respuesta? —preguntó Marta.

—Depende de si el tipo ése está conectado ahora mismo o no, y de si le apetece contestar. Si quieres, podemos esperar un rato, o conectar otra vez más tarde. Tampoco es cuestión de subirle mucho la factura a tu tío, ya que se ha *enrollado* tan bien.

Eran más de las tres. Llamaron a una pizzería que acababa de abrir y aún tenía las ofertas de inauguración, y pidieron una de cuatro quesos y otra de anchoas. El motorista que les trajo las pizzas resultó ser Carlos Medina, un chico de su clase que trabajaba allí los fines de semana.

—Hombre, parejita —les saludó con bastante *zumba*—. Si llego a saber que es para vosotros, habría puesto las anchoas en forma de corazón. ¡Buen provecho!

—Hala, vete con viento fresco —le despidió Argi, y cuando cerró la puerta, añadió—: Por bocazas, te has quedado sin propina.

—¿Ah, pero pensabas darle propina? —preguntó Marta sorprendida, porque Argi tenía una merecida fama de tacaño.

—Bueno, me quedaban cinco duros, ¿no te acuerdas?

Marta se comió tres cuartas partes de su pizza y un poco de ensalada. Argi acabó con su pizza, con lo que quedaba de la de Marta, con el resto de la ensalada, con un trozo de queso, con otro de jamón y con los tres flanes que había en la nevera. Marta le miraba atónita. ¿Cómo podía caber tanta comida en un cuerpo tan flaco? «Me parece que voy a tener que hacer dieta hasta el lunes», se resignó, pensando en cómo había saqueado Argi el frigorífico.

Después de comer vieron un rato la televisión, hasta que Argi consideró que había pasado tiempo suficiente para tener una respuesta. Se conectaron a Internet para ver el correo nuevo. Había un mensaje para Germán, que no leyeron, y otro encabezado «para Marta y Argi» y firmado por Storm.

—Qué gracia —comentó Marta—. Storm significa «tormenta» en inglés.

—Le debe haber gustado tanto la historia del dragón contra el dios de la tormenta que ha elegido ese apodo. Vamos a leerlo.

*Queridos amigos:*

*Me alegro de comprobar que hay quien cree en la verdad de los dragones. No todo es ciencia y tecnología en nuestros días: todavía queda un lugar para los poderes primordiales que un día gobernaron el cosmos.*

*Por mis estudios, diría que habéis dado con el cubil del poderoso Iluyanka. Tened cuidado y no os dejéis engañar por su aspecto inofensivo: sigue siendo una bestia implacable y sanguinaria, que podría aniquilaros sin casi proponérselo. Os recomiendo que por el momento no os acerquéis a su guarida y esperéis a que yo estudie más detenidamente el asunto para ayudaros.*

*Pronto tendréis noticias mías. No lo dudéis.*

*Storm*

## *11. Trampa para dragones*

Lasso estaba tumbado en la cama, mirando al techo y contemplando las caprichosas volutas del humo de su cigarrillo. En el portátil de música sonaba una balada de *soul*. La mayoría de sus trabajos eran así: breves momentos de acción y largas esperas. En el suelo tenía una novela abierta, a medio leer, pero se había aburrido de ella. No era un gran lector, ni se lamentaba de ello.

Miró el reloj. Las siete de la tarde. Dentro de unas horas comenzaría una nueva cacería, y esta vez esperaba tener más suerte y encontrar a la ansiada doncella. (Se rió de sí mismo: Storm le había pegado su anticuada forma de hablar. Ya casi se había olvidado de la palabra «virgen».)

Mejor sería que consiguiera a la chica de una vez. En apariencia, Storm era un hombre capaz de esperar. Así lo manifestaba su prohibición de entrar en el castillo de Iluyanka hasta no tener el cebo preparado. Pero a Lasso no le hacía ninguna gracia decirle por teléfono: «Aún no» y recibir como contestación ese lacónico «Ah», que bien podía ser inofensivo o bien significar muchas cosas.

Estaba deseando acabar ese trabajo. Ni le gustaba Storm, porque le resultaba imposible prever sus reacciones, ni le gustaba estar por las mañanas encerrado con aquella jauría de adolescentes chillones y *sobrehormonados*. Siempre con su estúpido humor, sus risas desaforadas, su desorden, su olor a humanidad (sobre todo si antes habían tenido clase de Gimnasia). Lasso había sido también un adolescente, por supuesto, pero no guardaba de aquella época ningún recuerdo para sentirse orgulloso. Además, como le sucede a la mayoría de la gente cuando va cumpliendo algunos años, él estaba convencido de que en sus no tan lejanos tiempos los jóvenes no eran así.

Se levantó para afeitarse. Solía hacerlo al acercarse la noche, que era cuando más necesitaba de sus habilidades y dotes de seductor. Atravesó la habitación y el pasillo canturreando en inglés. Las paredes desnudas le devolvieron los ecos. Había alquilado una casa individual de dos pisos, nueva, espaciosa y limpia, pero sin más muebles que los estrictamente necesarios. No podía decirse que fuera un hogar acogedor. De todas maneras, Lasso no había tenido hogar desde que era niño, o quizá ni eso, y no tenía más posesiones que el dinero de sus cuentas en tres continentes. Nada que no pudiera llevar encima cuando había que levantar el vuelo a toda prisa.

Estaba terminando de enjabonarse la cara cuando

sonó el teléfono móvil. El visor indicaba que la llamada era de Storm. Rezongando, se quitó la espuma con una toalla y contestó.

—Aquí Lasso.

—¿Cómo va su trabajo?

—No hay nada nuevo desde anteayer, señor Storm. Como ya le he dicho, esta misma noche voy a salir para conseguir la pieza que me ha encargado.

—Tengo noticias para usted. Alguien en Tarpeya ha tomado contacto con nuestro hombre.

—¿Cómo? ¿Puede repetirme eso?

Si alguien se le había adelantado en el castillo... Pero no, Storm no podía echárselo en cara, pues él en persona le había prohibido entrar allí y acercarse a Iluyanka.

—La doncella ha aparecido, ha cautivado el corazón de nuestro hombre y hace un momento me ha ofrecido su blanco cuello para que yo apriete el dogal —le explicó Storm, con más lirismo del habitual.

Ese maldito loco estaba jugando a sus espaldas, se dijo Lasso. ¿Para qué lo había contratado si no era capaz de confiar en él?

—¿Quiere decir que ya ha elegido a la chica... desde Madrid?

—La tecnología moderna puede ser una herramienta útil. Puse una pequeña trampa y ha funcionado.

Hubo unos segundos de silencio.

—¿Qué quiere que haga entonces? —preguntó, por fin, Lasso.

—Sólo tengo el nombre de pila de la doncella y el

de un amigo suyo, pero no hay duda de que son de Tarpeya. ¿Le dicen algo los nombres de Marta y Argi?

Lasso se quedó pensando.

—Espere un momento, ahora que lo dice... No cuelgue, señor Storm.

Lasso corrió a su habitación. Dentro del armario (único mueble que había en el cuarto, aparte de la cama), tenía el maletín de cuero que llevaba a clase. Marta y Argi, Marta y Argi, se repitió mientras abría la agenda que le habían dado en el instituto. Sí, allí estaban las fotos de Marta Mateos Riesco y Argimiro Peña Domínguez. Aunque nunca les había prestado demasiada atención, recordaba que en clase se sentaban juntos, al fondo y junto a las ventanas. Tenían que ser ellos. Martas podía haber muchas en Tarpeya, pero Argimiro no era un nombre tan frecuente.

—Ya los tengo, señor Storm.

—¿Qué quiere decir?

—Que tengo aquí sus fotos, y son alumnos míos.

—¡Excelente! Debe usted ganarse la confianza de esa muchacha. Será nuestra llave para entrar en el castillo. Gracias a ella ya sé incluso la localización exacta de aquello que busco.

—Muy bien, señor Storm. En cuanto hable con ella, le llamaré.

—Quiero que actúe esta misma noche.

—Me temo que eso va a ser un poco complicado —objetó Lasso—. Tengo que localizar a esa chica, y no sé si hoy podré hacerlo. Es viernes, y probablemente ella se quede en su casa.

—Tendrá que poder.

Al señor Storm le habían invadido las prisas que hasta entonces no había mostrado.

—Ahora mismo mi enemigo es débil, pero si dejamos pasar el tiempo recobrará sus fuerzas y será más difícil sorprenderlo. Esa muchacha le está haciendo recordar, y eso no me conviene.

Lasso no entendía de qué demonios le estaba hablando Storm. Sólo sabía que no podía salir a la calle con un coche y un megáfono gritando: «Marta Mateos, Marta Mateos, por favor, pásese por recepción».

—Necesito un día por lo menos, señor Storm.

Hubo unos segundos de silencio.

—Está bien. Mañana le enviaré a tres hombres que le ayudarán en lo que haga falta. ¡Si no puede conseguir que la chica colabore por las buenas, hágalo por las malas!

—Pero, señor Storm…

—No admitiré objeciones. Ahora, escuche atentamente lo que quiero de usted.

Cuando por fin colgó el teléfono, después de escuchar la historia de Storm, Lasso cabeceó incrédulo.

Así que el maldito chalado lo que quiere es recuperar el corazón y los ojos de un lejano antepasado. Lasso había vivido aventuras muy raras en América, algunas relacionadas con el vudú o la santería, pero nada tan extravagante y truculento como aquello. Esa historia de vísceras y despojos había terminado de convencerle de que el señor Storm estaba completamente loco.

Aunque era un loco con mucho dinero y pagaba bien. Si además dentro del castillo había tantas joyas como Lasso imaginaba, tendría ocasión de cobrarse una paga extra mucho más suculenta que el sueldo base. Storm sólo parecía interesado en aquellas reliquias, por lo que no pondría demasiadas objeciones a que Lasso se llevara una propina.

Se sentó en el borde de la cama y examinó las fotos de la clase de Bachillerato de letras. Las tenía todas pegadas en una sola hoja. Marta Mateos... ¿Por qué no había reparado antes en ella? Era una chica bastante callada y discreta, incluso tímida, que sólo intervenía en las clases de Inglés si se le preguntaba directamente. Pero tenía un rostro muy agradable, y unos grandes ojos negros que incluso en aquella fotocopia de una foto de carné parecían clavarse intensamente en él.

El problema era saber si saldría esa noche o en el peor de los casos, la del sábado. Ahora que lo recordaba, alguna que otra vez la había visto hablar con Ruth. Por esa vía podría informarse.

Llamó a casa de Ruth, con bastante aprensión. Su voz no era la de un quinceañero, y si se ponían sus padres podían recelar. Últimamente había mucha sensibilidad con las relaciones entre mayores y menores.

Por suerte, se puso un niño, que, sin preguntar quién estaba al aparato, llamó a voces a su hermana. La muchacha tardó un par de minutos en ponerse, que Lasso aprovechó para abrir una lata de cerveza y beberse casi la mitad. La conversación con Storm le había dejado la garganta seca.

—¿Diga?

—Hola, Ruth. ¿Te suena mi voz?

Lasso saludó rellenando su voz con los armónicos

más seductores que supo utilizar. Casi pudo imaginarse a la muchacha enrojeciendo de satisfacción.

—Estás loco. Mira que llamar a mi casa. Si se enteran mis padres… —susurró Ruth, aunque se notaba que aquella locura la emocionaba.

—¿Siempre te preocupas tanto de lo que piensan tus padres? El día que estuvimos juntos me dijiste que eras una chica muy independiente.

—Ya, pero díselo a ellos.

—Oye, Ruth, esta noche saldré a tomar una cerveza, y la verdad es que no me gusta demasiado hacerlo solo. Me pongo un poco melancólico, y a mi edad eso ya no es conveniente.

—¡Siempre con la tontería ésa de la edad! Ya te he dicho que estás hecho un chaval. Lo siento pero yo no puedo salir hoy.

—¡Me has hundido en la más espantosa miseria! ¿Cómo es que no puedes salir?

—Es que tengo que ahorrar para mañana. ¿No te acuerdas de que saldremos a cenar? Toda la clase… Dijiste que venías.

—Ah, sí, claro —Lasso recordó que debía aparentar entusiasmo; le fue más fácil cuando pensó que tal vez Marta asistiría a esa cena—. Me hace mucha ilusión que me hayáis invitado. Cuando alguien intenta hacer su trabajo en serio, como yo, no es tan fácil caer bien a los alumnos —aunque parezca mentira, no cayó ningún rayo del cielo para fulminarlo—. Oye, ¿y va a ir mucha gente?

—Pues no tanta. No sé si llegaremos a ser la mitad de la clase.

—Vaya, vaya —«y con mi perra suerte, seguro que Marta es de la mitad que no va», se dijo Lasso—. Bueno, siempre será mejor que seamos pocos, pero bien avenidos.

—Eso digo yo. Así todo será más íntimo —contestó Ruth, con un tono pícaro que a Lasso le empezaba a resultar insoportable—. ¿Sabes? Mónica Garzo no puede ir. Es una pena que no vaya la chica más guapa de la clase, ¿verdad?

El ataque no era precisamente sutil, pero Lasso contestó con aplomo.

—Mientras vaya la más interesante, que eres tú...

Ruth soltó una carcajada con su tosquedad natural.

—Seguro que eso se lo dices a todas...

«Por supuesto que sí, pero todas acabáis picando», pensó Lasso.

—De ninguna manera, Ruth. Para ser interesante hay que tener algo, un qué sé yo que se encuentra en muy pocas mujeres. Tú tienes una forma de mirar muy intensa; sobre todo, especial.

Es increíble comprobar los efectos de la palabra «especial» en los diálogos de seducción. Algún día escribiría un tratado sobre ello, cuando tuviera tiempo. Tras el rodeo, Lasso pasó a lo que interesaba.

—Mira, por ejemplo, esa chica que se sienta cerca de ti, en la fila de la derecha... ¿Cómo se llama? María, o Marta, o algo así...

—Marta. ¿Qué pasa con ella? —había prevención en la voz de Ruth; bastaba con pronunciar otro nombre de mujer para despertar sus celos.

—Es un ejemplo. Esa chica podría resultar más

atractiva, pero se la ve tan apagada, tan mustia, que la mitad de las veces ni me doy cuenta de que está en clase. En cambio, tú nunca me pasas desapercibida.

—Pues es una chica estupenda —la defendió Ruth, ahora que había dejado de ver en ella a una posible rival.

—Si no digo lo contrario. Pero no le vendría mal espabilarse un poco, salir… Tiene pinta de estar todo el día encerrada en casa.

—Pues mañana va a venir a la cena.

—No me digas… —respondió Lasso, intentando disimular su alegría.

Por lo menos, no tendría que secuestrarla de su domicilio. Ya había averiguado lo que quería.

—Bueno, no quisiera molestarte más, por si se enteran tus padres y te meto en un lío. Me tomaré mi cerveza solo, qué le voy a hacer. Mañana nos veremos…, Ruth.

Lasso colgó. Al otro lado del teléfono, Ruth se quedó con la palabra en la boca. Estaba a punto de decir que tal vez sí podría salir, que haciendo un esfuerzo, y si él la invitaba... «Maldita sea», se reprochó. «Todo por hacerme la interesante y no decirle que sí a la primera.» Y mañana habría muchas más chicas *mosconeándole* en la cena de la clase. Aunque, por lo menos, Mónica Garzo no estaría. Jamás se le habría pasado por la cabeza a Ruth que Marta fuese su siguiente rival.

* * *

Durante todo el sábado, Marta estuvo nerviosa. Quedarse sola en casa de su tío le parecía excitante, pero la noche anterior había llegado a pasar miedo. Sobre todo, por culpa del viento, que se había empeñado en dar un concierto con la persiana de su habitación. Hasta entonces o esos ruidos no habían existido o ella no los había oído. Con eso, y con la extraña historia del dragón Iluyanka, había dormido a saltos. Y cada vez que se despertaba, veía sombras amenazadoras en la pared, como cuando era niña. Incluso las ropas que había dejado en la silla llegaron a adquirir formas extrañas.

Los nervios le habían durado todo el día. Intentó estudiar Historia y Filosofía, pero no logró concentrarse, y volvía una y otra vez sobre la batalla de San Quintín o los tipos de silogismos como si jamás hubiera oído hablar de ellos. Y conforme se acercaba la noche, su inquietud crecía. A las ocho tuvo que reconocerse que la cena con sus compañeros era el principal motivo de tanta agitación.

¿Por qué? ¿Qué esperaba de aquella cena? Marta no salía casi nunca. En Madrid, porque hacerlo era discutir con su madre y no le merecía la pena. En Tarpeya, aunque su tío Germán era todo lo contrario e insistía en que se divirtiera, Marta aún no se había decidido a hacerlo. Si se lo hubiera comentado antes a Ruth o a Silvia, tal vez la habrían invitado a salir con ellas. Pero, ¿y si contestaban que no? Marta solía pensar que si alguien sobraba en un grupo era ella, y tenía pánico a ser rechazada.

Quizás aquella salida marcaría otro pequeño cambio en su vida, como lo había hecho su llegada a Tarpeya, y a partir de ella podría irse convirtiendo en lo que todo el mundo parecía considerar como una chica normal.

Eso podía explicar que se sintiera nerviosa, y que cuando empezó a arreglarse intentara hacerlo todo a la vez. Abrió el agua de la ducha, sacó la ropa del armario, cerró el grifo porque se le había olvidado algo en la cocina que luego volvió a olvidar definitivamente, se duchó, quiso volver a sacar la ropa y se desesperó buscándola hasta que la vio extendida encima de la cama, y como no se había secado bien al salir de la ducha, dejó el suelo lleno de huellas mojadas, y trató de peinarse y pintarse casi al mismo tiempo.

A pesar de tanto caos, cuando por fin se miró en el espejo de cuerpo entero que había en la habitación de su tío, con la falda y la blusa nuevas y el pelo largo y ondulado cayéndole sobre los hombros, sonrió satisfecha.

«A lo mejor me he pasado con el colorete», se dijo. Se retocó un poco y se volvió a mirar. Tal vez aparentaba algún año más, vestida en blanco y negro y con medias, pero no le importaba. Se veía guapa. No como una modelo de la tele, no para que nadie se diera un golpe con una farola al darse la vuelta para mirarla, pero sí para sentirse bien al salir a la calle. ¿Tendría que ver con que no estaba su madre para criticarla, con que en casa de su tío se encontraba mejor, o, sobre todo, con que se sentía dentro de un sueño de dragones y hechiceros en el que todo podía suceder, y ella era la princesa elegida?

Al entrar en el ascensor, el corazón le palpitaba más rápido de lo normal. Cuando la puerta se cerró y se quedó sola en aquel espacio tan pequeño, tuvo una sensación distinta, algo que la mordió en la boca del estómago. Esa angustia la había asediado a ratos durante todo el día y no sabía identificarla. Era una vaga impresión de que algo iba a salir mal, espantosamente mal. No se trataba de que se fuera a aburrir en la cena, o de que algún chaval patoso intentara pasarse de la raya, o de que discutiera con alguna amiga, sino de algo mucho peor.

—Tonterías —se dijo en voz alta.

Salió a la calle. El primer soplo de brisa fresca la hizo suspirar. La noche era espléndida, aunque en lo alto las nubes pasaban en jirones a gran velocidad. Marta pensó que allí debía de hacer frío de verdad. Se acordó de Iluyanka, el Hombre Gris. ¿Echaría de menos volar por aquellas alturas heladas con sus alas de dragón?

Cuando entró en la plaza sonaron las campanadas de las diez en el reloj del ayuntamiento. Se veía mucha animación. Había familias paseando, que aprovechaban el tiempo antes de subir a los niños a sus casas, y muchas parejas de novios cogidos de la mano. También estaba la tribu de marginados que Marta ya iba conociendo, *drogatas* con sus piernas flacas, borrachos con andares de lado a lado, mendigos que hurgaban en las papeleras: todos ellos tenían algo perdido en la mirada, como si sus ojos ya no fueran de este mundo. Había también policías, vigilando que los parias no se metieran con nadie, como si estuvieran para esos trotes…

Pero, sobre todo, se veían muchos jóvenes, agrupados por edades: quince, dieciséis, diecisiete años, como una repetición del instituto. Quedaban en grupitos de chicos, de chicas, o de chicos y chicas mezclados. Pasaban de un lado a otro de la plaza, o esperaban en los lugares convenidos: la fuente, debajo del gran reloj, al lado de un cajero automático, en el bar en el que ponían esas albóndigas tan ricas. Marta pasó junto a una pandilla de chicas más jóvenes, con ropas provocativas (faldas cortas con medias y largas botas) y maquilladas con rojos chillones o negros fúnebres que las hacían parecer aprendices de brujas. Sonrió con condescendencia. Ella ya había aprendido lo que era el buen gusto.

Sus compañeros estaban bajo un amplio porche, junto a una tienda de ropa cara, en la que también solía quedar la gente por alguna razón desconocida. Ya habían llegado más de la mitad. Un coro de silbidos y piropos, a la vez burlones y sinceros, recibió a Marta. Ella enrojeció y puso una sonrisa un poco boba mientras se acercaba. Nunca sabía con qué cara aproximarse a un grupo que la observaba. Mirar a las caras era intimidador, hacerse la distraída echando un vistazo a los escaparates quedaba poco convincente.

Como fuera, alcanzó el grupo y se refugió en la confortable cercanía del rebaño. Nerviosa, se dedicó a pasar el dedo índice entre la pulsera y la muñeca como si se estuviera dando cuerda a sí misma, mientras entraba en varias conversaciones de las que no se llegaba a enterar de qué iban.

—¡Hija, qué guapa te has puesto! —le dijo Ruth, que llegó poco después.

A Marta le extrañó que su amiga le dijera eso, cuando su gusto al ataviarse no podía haber sido más dispar: un vestido blanco y negro que incluso con una talla más ya le habría quedado ajustado, unas medias a rombos y unos horribles zapatos de plataforma.

Marta no lograba encontrar a Argi, pero no se atrevió a preguntar por él. Bastantes bromas habían hecho ya con su presunto romance.

En un momento dado, las conversaciones de las chicas, chillonas hasta entonces, se convirtieron en un rumor de cuchicheos curiosos. «¡El de Inglés, el de Inglés!» Lasso venía vestido de un modo aparentemente informal y se acercaba con desenvoltura. Marta envidió su seguridad: era obvio que miraba adonde quería mirar y que no se sentía cohibido por la atención que suscitaba.

Lo que no se podía imaginar era que Lasso se acercaría derecho a ella. Tanto que Marta pudo oler su colonia, y muy a su pesar tuvo que reconocer que le gustaba.

—Vaya, Marta, deberías venir todos los días así a clase. No me había dado cuenta hasta ahora de lo guapa que eres.

Marta balbuceó un agradecimiento y se escabulló como pudo. Ruth no tardó ni cinco segundos en acercarse a ella.

—¡Tía, eres una guarra! ¡Yo lo vi primero!

—Pero si yo no le he dicho nada...

—Seguro que le has mirado de alguna forma rara.

El Zanahoria, como delegado de la clase, decidió que ya estaban todos. Su novia venía muy pegadita a él. Era la única alumna de otra clase que había venido a la cena, pero menuda era ella para dejar a su chico suelto entre tanta competidora.

Marta reparó entonces en un chico flaco que había estado apartado a unos cuantos metros, pegado al escaparate de una tienda de discos, y que ahora caminaba un poco rezagado, con las manos en los bolsillos y mirando al suelo. Era Argi. Se había puesto unos vaqueros con una camisa de cuadros grandes, que llevaba abierta y por fuera. Debajo, una camiseta en la que aparecía Gandalf, el mago de *El Señor de los Anillos.* El conjunto no era de gala, aunque tampoco estaba tan mal.

Lo peor eran las zapatillas de deporte rojas. Pero nadie es perfecto.

—No te había visto, Argi. ¿Cómo no me has dicho nada?

Él se encogió de hombros.

—Como vienes tan arreglada, pensé que no querrías hablar conmigo.

—¡Tú estás bobo! Venga, no te quedes atrás, que yo no sé dónde está el chino.

—Yo sí, no te preocupes —respondió Argi, repentinamente animado—. Mira, mira qué corrillo se ha formado en torno al de Inglés.

Lasso destacaba entre todos por su tamaño. Había algún chico tan alto como él, pero él los doblaba en corpulencia. Hablaba con unos y otros, aunque de continuo se daba la vuelta para mirar a Marta. Ella empezó a ponerse nerviosa. ¿De verdad el profesor de Inglés, un hombre hecho y derecho, el ídolo de las alumnas, se había fijado en ella? Trató de seguirle la conversación a Argi, pero no podía evitar distraerse y echar furtivas miradas a Lasso. Más de una vez coincidieron. Marta trató de sostenerle la mirada una vez; entonces el corazón empezó a palpitarle como loco y tuvo que bajar la cabeza.

¿Tanta había sido su metamorfosis, que era capaz de atraer al hombre más deseado del instituto? Marta nunca se había permitido el lujo de pensar en Lasso como en un hombre, aunque en el fondo siempre había reconocido su atractivo. Ahora debería estar halagada por su atención. ¿Se sentía así en realidad? Seguía notando la misma opresión en la boca del estómago que la había asaltado al montar en el ascensor. Algo iba a salir mal. Algo que tenía que ver con Lasso.

«Tonterías», se dijo una vez más. Sin embargo, no era tan sencillo librarse de aquel recelo.

—He encontrado un libro en mi casa —le estaba diciendo Argi.

—¿Ah, sí? —le preguntó, distraída.

—Se llama *Cuentos y leyendas de Babilonia y de Persia*. Venía el mito del dragón, de ese Iluyanka.

Marta se interesó de repente.

—Cuéntame.

—Era más largo que en Internet. Estaba muy bien contado, con efectos especiales y todo: los truenos del dios de la tormenta, los silbidos del viento, el fuego del dragón, todo eso. El final era un poco triste.

—¿Qué sucedía?

—El dragón tenía una hija. Una hija con forma humana, ¿sabes? Un poco raro, pero, por lo visto, en los mitos esas cosas ocurren. El dios de la tormenta había perdido los ojos y el corazón y quería recobrarlos, pero el dragón los tenía escondidos en su cueva y el dios no se atrevía a entrar en ella. Así que tuvo un hijo y lo educó para que se *ligara* a la hija del dragón. ¿Me sigues?

—Perfectamente.

—Cuando ella se enamora de él, el chico le pide que le dé el corazón y los ojos del dragón. La chica traiciona a su padre por amor y le da al chico lo que le ha pedido. El chico le lleva al dios de la tormenta los ojos y el corazón, éste se los vuelve a poner en su sitio y ataca al dragón cuando está desprevenido. Y esta vez, ¡zas!, lo fulmina. Pero el hijo del dios de la tormenta se arrepiente de lo que ha hecho, porque en el fondo también debía de haberse enamorado de la chica, y se tira a un río y se ahoga. Al final, muere hasta el apuntador. Sólo queda vivo el dios de la tormenta.

Marta se quedó en silencio. En sus visiones se había mirado en un espejo y había visto a la hija del dragón. ¿Por qué esa muchacha tan hermosa la miraba con tal tristeza? ¿Había traicionado ya a su padre, o le iba a traicionar?

En aquel sueño, su destino parecía entrelazado con el de la hija del dragón. Marta volvió a sentir un nudo en el estómago. No podía sacarse la palabra «traición» de la cabeza. Pero, ¿qué podía hacer ella, una simple alumna de Bachillerato, para traicionar al Hombre Gris?

Tal vez lo había hecho. El Hombre Gris había insistido en que no hablara de él con nadie. Y ella lo había puesto prácticamente todo por escrito en el correo electrónico.

«Pero no he dicho dónde está su castillo», se consoló. ¿Sería posible rastrear el origen de un mensaje en Internet? Lo ignoraba.

—Mira, hemos llegado.

Marta agradeció la interrupción de Argi. Estaban bajo un cartelón en forma de pagoda y con vivos colores de neón. La gente iba pasando. Los chicos, como solía ser habitual, despreciaban aquella norma tan pasada de moda de dejar entrar antes a las chicas. Pero Lasso no. Estaba sujetando la puerta y sonreía con toda amabilidad mientras los demás entraban. No dejaba de echar miraditas a Marta. Ella agarró a Argi de la mano y se apresuró a pasar, sin mirar al profesor. «Siéntate a mi lado», cuchicheó.

—Vaya, es un honor —respondió Argi.

Les habían preparado una mesa en forma de «L» para veinte personas. Antes de sentarse, hubo unos cuantos movimientos estratégicos para coger los sitios deseados. Marta se dio cuenta de que Lasso, muy discretamente, intentaba sentarse cerca de ella. Para evitarlo, amagó con ponerse en el centro de la «L» y después emigró hacia el otro extremo, con Argi pegado a sus talones.

Por fin quedaron colocados. El último sitio en ocuparse fue el que quedaba a la izquierda de Argi. Se sentó Sonia, una muchacha muy delgada y de mirada perdida, que entre las chicas venía a desempeñar el mismo puesto de paria que Argi entre los chicos.

Marta nunca había estado en un restaurante chino.

Cuando se enteraron a su lado y corrió la voz, hubo un coro de burlas. ¿Así que la chica de Madrid nunca había estado en un chino, y ellos, los pobres paletos de provincias, sí? Pero eran bromas bienintencionadas y no le sentaron mal. Marta incluso se sintió halagada al verse convertida durante unos momentos en el centro de la atención.

Marta disfrutó de la cena. No era melindrosa con la comida, y le gustó casi todo lo que probó, aunque la mitad de las veces no sabía lo que estaba masticando. Hasta bebió un poco de vino, y con copa y media empezaron a chispearle los ojos. La conversación en la mesa corría de un lado a otro, se dividía, volvía a hacerse general, y Marta, animada por la bebida, contó un par de anécdotas de clase que les hicieron reír a todos. ¡Dios mío! ¡Hablar delante de veinte personas! Jamás se hubiera creído capaz de hacerlo.

Pero, ¿qué era eso para una princesa que había compartido la mente de un dragón?

—Parece que el de Inglés no deja de mirarte —le susurró Argi, con mal disimulada hostilidad.

—No digas tonterías, hombre. Seguro que yo no soy su tipo.

Pero Marta era perfectamente consciente de que Argi tenía razón. Lasso participaba en la conversación como un rey en un torneo medieval, repartiendo atención y premios entre unos y otros. Contó algunas anécdotas divertidas e historias curiosas de países lejanos, y acabó por ganarse la benevolencia de los chicos, que, si antes lo veían como un rival, ahora lo escuchaban boquiabiertos. Pero la mirada de Lasso no dejaba de buscar a Marta, y se fijaba en ella siempre un segundo más de lo necesario, recordándole: «Sé que estás ahí».

Sería la atención de aquel hombre tan atractivo, o el vino, el caso es que a Marta le empezó a subir un calorcillo por el estómago que le hizo olvidar su anterior aprensión. Casi flotaba. Y no era que estuviese borracha. A veces uno se puede embriagar de alegría; sobre todo, cuando ha estado durante años creyéndose que no es nadie. Es maravilloso sentir que esa extraña luz que hace a otras personas interesantes o atractivas se ha posado también en nosotros.

Cuando llegó la hora de pagar, todos se empeñaron en invitar a Lasso. Al fin y al cabo, eran poco más de setenta pesetas por persona lo que les costaba quedar bien con su profesor. Lasso, al ver que no conseguía convencerlos de lo contrario, insistió en que entonces tenía que invitarlos a todos ellos a beber algo. Le hablaron de un bar en el que servían cócteles exóticos en grandes vasos de plástico.

—Una gran idea —dijo Lasso—. Pero mucho cuidado, que luego no quiero que vengan vuestros padres diciendo que os he emborrachado.

Fueron en ruidosa peregrinación desde el restaurante al bar elegido. Era un antro apenas iluminado por unos neones azules, y tan pequeño que a Marta le pareció milagroso que al final lograran entrar los veinte. Los que ya conocían el local pidieron los cócteles con nombres más divertidos o simplemente malsonantes. Los vasos de litro empezaron a correr de mano en mano.

Lasso se las ingenió para ganar posiciones y acercarse a Marta. Esta vez, la muchacha se dejó arrinconar sin tratar de huir.

Al verle de cerca, Marta pensó que Lasso tal vez tenía la boca demasiado grande, y que ésta le daba aún más aspecto de sinvergüenza al sonreír. ¿Por qué no sentirse como la protagonista de una película y dejarse seducir durante un rato por un sinvergüenza?

Lasso le pasó un cóctel de color azul que parecía un combinado de reactivos químicos. Marta sorbió por la pajita y se lo devolvió.

—Bebe un poco más, mujer —insistió el profesor—. Una noche es una noche.

—¿Por qué lo dice?

—Por favor, tutéame, que eso de hablar de usted a los profesores ya está muy pasado. Toma, echa otro trago.

Marta se resignó a obedecer. No estaba acostumbrada a beber, y cada sorbo que daba parecía irse depositando directamente en algún lugar entre sus ojos. Y ese lugar, por alguna razón, tenía algo que ver con las cadenas que solían sujetar su lengua.

—Bueno, te tutearé. Lo que pasa es que yo siempre he sido una chica muy tradicional.

Para empezar no estaba mal, se dijo Marta. Hasta podía pasar por una frase interesante.

—Me gustan más las chicas tradicionales —contestó Lasso—. Por ejemplo, se nota que sabes vestir con clase, y eso es algo que se tiene o no se tiene. Hay faldas y faldas, por ejemplo.

Lasso se permitió mirarle a las piernas con algo de

descaro, lo justo para no parecer ofensivo. A su pesar, Marta se sintió halagada.

—Sí señor —prosiguió Lasso—. Ésa es una falda bien llevada, bonita y con gusto. Aunque tengo la impresión de que lo que hay debajo es aún mejor.

Marta se puso colorada. Por suerte, con aquella luz apenas se notaba. Como una enorme araña, que cada vez acorta más la distancia con su presa, Lasso empezó a tejer una red de halagos a su alrededor. Al principio, Marta se dio cuenta de que los demás los observaban. Pero después fueron desapareciendo de su vista. Los anchos hombros de Lasso y la neblina que el alcohol ponía en sus ojos lo tapaban todo. Sólo existía la boca de él, sonriendo, acariciándola con voz empalagosa y palabras aduladoras. Y el olor. Lasso estaba tan cerca que podía oler no sólo su colonia, sino el aroma dulzón de su cuerpo.

Casi sin darse cuenta, Marta se encontró en otro local más grande. Lasso se las había arreglado para llevarla hasta allí. Se colocaron en un rincón, casi escondidos entre la barra y una máquina de tabaco. ¿Dónde estaba el resto de la clase? Había mucha gente, mucho humo, y estaba sonando una canción que hablaba de un marinero y un capitán y una mujer y una apuesta a muerte. Lasso le estaba pidiendo otra copa.

—No, no quiero más, por favor —protestó Marta.

Si bebía una gota más de alcohol, iba a caerse de bruces.

—No todo es estudiar, Marta —Lasso pronunciaba su nombre de una manera tan envolvente que parecía tener cuatro sílabas en vez de dos—. Hay que divertirse

de vez en cuando. Mi filosofía siempre ha sido *carpe diem*, ¡aprovecha el momento!

Por detrás de Marta, Lasso veía la escalera que daba acceso al *pub*. Muchas chicas bajaban tan sólo hasta la mitad, se asomaban, buscaban un rato con la mirada, y si no encontraban a sus amigas o tal vez al muchacho que les gustaba, se iban a otro sitio. Los hombres, chicos o no tan chicos, tenían más querencia hacia la barra: nada más entrar se dirigían hacia ella, para empezar su inspección con una cerveza o una copa en la mano.

—Tu mirada es tan intensa que me hace sentir distinto, joven de nuevo —le estaba diciendo a Marta—. Llevo ya unos cuantos años dando clase, pero nunca había visto una mirada así.

Lasso era partidario de la economía de medios. Si veía que un recurso funcionaba, ¿por qué molestarse en buscar otro? Las mismas palabras que habían engatusado a Ruth servirían perfectamente para aquella otra chica.

Con todo, tenía que reconocer que Marta le gustaba más que Ruth. No era una chica espectacular, pero resultaba agradable y tenía cierto estilo pese a ser tan joven. Cuando fuera mayor, seguramente, se convertiría en una mujer muy interesante.

«Si es que llega a mayor», se dijo. Sospechaba que en los planes del Sr. Storm no entraba dejar a aquella jovencita con vida. Toda una lástima, pero Lasso nunca se metía con lo que hacían sus clientes, siempre que pagaran.

—¡Vaya, así que estáis aquí!

Lasso se volvió, contrariado. Concentrado en la

conversación, no había visto entrar a Ruth y al muchacho escuchimizado con pinta de rata de biblioteca que se sentaba en clase al lado de Marta. Ruth le miraba pidiéndole alguna explicación que Lasso no estaba dispuesto a darle.

—Pues sí, estamos aquí. Es algo bastante evidente —contestó, mirándola con frialdad.

Tenía la esperanza de que aquel gesto bastase para desengañar y espantar a la muchacha. Sin embargo, Ruth no estaba dispuesta a rendirse con facilidad. Sin molestarse en bajar la voz le espetó:

—Da igual que seas un profesor. Todos los tíos sois unos cerdos.

Lasso sintió la tentación de echarla con cajas destempladas, pero no podía hacerlo teniendo a Marta a menos de medio metro. Se volvió hacia ella y le pidió disculpas: tenía que solucionar un pequeño malentendido con Ruth. En seguida volvería.

Tomó del brazo a Ruth y se apartó un poco con ella, detrás de una columna revestida de falsa piedra.

—¿Se puede saber qué te pasa? ¿Tú te crees que puedes llegar a un bar y pegarme voces como si fuera uno de esos pardillos que se sientan contigo en clase? ¿Es que acaso tengo que dar cuentas de lo que hago a una mocosa como tú?

La muchacha le aguantó la mirada, aunque la barbilla le estaba empezando a temblar. Lasso se dio cuenta de que tal vez su tono había sido demasiado duro. Pero aquel trabajo estaba empezando a indigestársele. «Quien con críos se acuesta...», se dijo.

—¿Y para qué me llamaste ayer a casa, cacho cerdo? —le soltó Ruth, ya entre lágrimas—. Seguro que era para enterarte de si salía Marta. ¿Qué pasa, que te gustan más las mosquitas muertas? ¿O es que te has apostado con alguien que te vas a pasar a todas las tías de la clase por la piedra?

Lasso miró hacia la salida del bar, desesperado. En ese momento, para colmo, reconoció la figura de armario de Volpiani, el hombre de Storm, que bajaba por la escalera del *pub.* Lo esperaba, pero no tan pronto. Lo convenido eran tres cuartos de hora más tarde.

Volpiani venía con otros dos hombres, vestidos como él, con chaqueta y corbata: tan incongruentes en aquel lugar lleno de estudiantes como un samuray en un convento de monjas. Al ver a Lasso, Volpiani se abrió paso a empujones. Un muchacho rubio que debía de hacer culturismo se dio la vuelta para protestar, aunque una sola mirada al matón le convenció de que aún tenía que levantar muchas pesas para discutir con un tipo así, y se mordió la lengua.

Volpiani llegó al lado de Lasso. No se molestó en estrecharle la mano. Los otros dos, un par de individuos flacos con mejillas picadas y aire siniestro, tan semejantes que debían de ser gemelos, se quedaron un paso atrás.

—Han llegado ustedes casi una hora antes de lo que me dijo el señor Storm —protestó Lasso.

—Había menos tráfico del que esperábamos —repuso el armario—. ¿Tiene a la chica?

Volpiani estaba mirando a Ruth. Lasso sacudió la cabeza.

—No es ésta. La que nos interesa está… ¿allí?

En el mismo momento en que señalaba hacia el rincón, donde se encontraba la máquina de tabaco, Lasso se dio cuenta de que Marta había desaparecido. El corazón le dio un vuelco. Buscó con la mirada por todo el local, pero no había rastro ni de la muchacha ni de la rata de biblioteca.

—¡Mierda! ¡La he perdido!

—No es usted demasiado eficaz.

Lasso se quedó mirando los ojos de rendija de Volpiani, y no le gustó lo que vio en ellos. En ese momento, una mano tironeó de su manga. Era Ruth. Lasso sintió que se le encendía la sangre.

—Oye, tú y yo no hemos... —estaba diciendo Ruth.

Lasso le dio una bofetada que la mandó contra el borde de la barra. Ruth se quedó mirándolo con expresión de cachorro apaleado, mientras se limpiaba la sangre que le goteaba por el labio. Alrededor de ellos se abrió un corro. Nadie se atrevió a intervenir.

—¡Maldita perra caliente! —exclamó Lasso—. ¡Por tu culpa...!

Lasso apretó los dientes y sacudió la cabeza, intentando controlarse. Tenía que pensar con frialdad. Se volvió hacia Volpiani.

—Síganme. Tenemos que encontrar a esa muchacha. No puede estar muy lejos.

* * *

Cuando vio la escenita que se estaba preparando entre Lasso y Ruth, Argi pensó que era su oportunidad. Cogió de la mano a Marta y tiró de ella escaleras arriba. La muchacha no se resistió.

Se abrieron paso por el callejón, entre la gente que entraba y salía de los bares que se apiñaban en aquella zona. Marta lo veía todo deformado, a través de una neblina blanca. Era la primera vez en su vida que se sentía borracha y aún no había decidido si la sensación era agradable o no. En realidad, no estaba para decidir gran cosa.

Llegaron a una plazoleta más tranquila. Argi se detuvo y Marta se apoyó contra el escaparate de una perfumería.

—¿Por qué me has sacado de allí? —le preguntó sin rencor, sólo por curiosidad.

—¿Preferías quedarte con ese buitre? —se defendió Argi.

Marta se quedó mirando a Argi. ¿Por qué demonios no se estaban quietos él y el resto de la plaza?

—No sé… Me lo estaba pasando bien.

—Menudo hocico tiene el tío. Tu propio profesor, emborrachándote para ver si te puede meter mano. ¡Anda, vamos a dar un paseo para que respires un poco de aire fresco!

Marta se dejó guiar dócilmente. Argi la llevó al parque de la Isla, una gran zona verde situada entre el río y unas piscinas naturales. Allí el aire era más frío, y se agradecía después de la atmósfera agobiante del *pub* en que habían estado.

Pasearon entre los pinos y chopos del parque. Marta se agarró del brazo de Argi.

—¿Te importa? Es que estoy un poco mareada.

Argi negó con la cabeza, pero no dijo nada. Marta soltó una risita. Le daba la impresión de que se había dividido en dos personas: una nueva Marta, que todavía no sabía controlar su cuerpo ni su lengua, y que tenía ganas de vivir y divertirse, y la Marta de siempre, que estaba asomada como una espectadora detrás de sus propios ojos, amordazada y sin poder hablar.

«O sea, que estoy borracha», se resumió. Argi la miraba con preocupación. Marta volvió a pensar que el muchacho estaba mejor con esas gafas que con las que había perdido en la cueva del Hombre Gris.

—¿Por qué me has sacado de allí? —volvió a preguntarle.

—¿Otra vez? Ya te lo he dicho.

—No, no… Quiero saber, ¿a ti qué más te da que el de Inglés estuviera ligando conmigo?

—Pues…, pues… no me parecía bien.

—¿Y por qué no te parecía bien? —insistió Marta, traviesa.

Se detuvo, apoyándose contra un chopo y esperó la respuesta. Tenía las manos detrás de la espalda. ¿Qué hubiera dicho su madre de verla en esa postura delante de un chico?

—Ya te he dicho que ese tío es un buitre. Me revienta que quiera aprovecharse de ti. Además, no fue sólo cosa mía. Fue Ruth quien me agarró del brazo para que la acompañara a buscaros. Creo que quería cortaros el *rollo*.

Marta sonrió. Estar con Lasso había sido una experiencia excitante, aunque en el fondo se alegraba de que Argi hubiese llegado en aquel momento. A pesar de que las palabras del profesor eran halagadoras, estaba casi segura de que a Ruth le había dicho las mismas tonterías.

Sin embargo, aún le apetecía seguir con aquel divertido juego de la seducción. ¿Qué estaría dispuesta a hacer la nueva Marta?, se dijo.

—Muchas gracias por preocuparte tanto por mí. Has sido muy amable.

—Bueno, no tiene importancia —respondió Argi—. Es que tú… me caes muy bien. ¿Sabes? Hay poca gente que me caiga tan bien como tú.

—¿Y sólo es eso? ¿No estabas un poquitín celoso?

Marta volvió a soltar una risita, divertida con su propia audacia. Argi se quedó mirando un buen rato al suelo, sin saber qué contestar, y por fin dijo:

—Estás muy guapa esta noche. Cuando te veo en clase no estás mal, pero hoy… Vaya, menuda diferencia.

Argi no tenía la voz de Lasso, pero Marta sabía que sus palabras eran más sinceras. La nueva Marta tuvo un arrebato, agarró a Argi por los hombros, se puso de puntillas y le dio un rápido beso en los labios.

—¿Por qué has hecho eso? —preguntó Argi.

—Porque está borracha, pedazo de idiota —restalló una nueva voz—. Si no, ¿cómo te crees que iba a besar a una araña con gafas como tú?

Se soltaron, asustados por aquella interrupción. Apoyado en un chopo, con las manos en los bolsillos y una sonrisa sarcástica, Lasso los observaba como si hubiera aparecido de la nada. Argi se quedó un momento sin saber qué decir. Por un lado, quería contestar a la provocación, pero, por otro, aquel hombre era su profesor. Sin mencionar que debía de sacarle treinta kilos de músculos.

—¿Qué tal si te esfumas y me dejas solo con Marta? Tengo que hablar con ella —le dijo Lasso.

Argi, por fin, logró reaccionar.

—Ahora no estamos en clase y no me puedes echar.

Lasso miró su reloj, impaciente.

—No tengo tiempo para discutir contigo —se acercó a ellos y apartó a Argi de un empujón, para dirigirse a Marta—. Mira, no voy a andar con más rodeos. ¿Te dice algo el nombre de Iluyanka?

Marta sintió que la borrachera se le desvanecía de golpe. Su gesto al oír el auténtico nombre del Hombre Gris fue lo bastante elocuente. Lasso la agarró de la muñeca y tiró de ella.

—¡Suéltame!

—Déjate de tonterías. Tu amigo Iluyanka tiene algo que yo quiero, y yo ahora te tengo a ti, así que supongo que podremos llegar a un acuerdo.

Argi tiró de la manga a Lasso. Su intención era conseguir darle la vuelta y propinarle un puñetazo, pero apenas consiguió moverlo. El profesor parecía una roca.

—¡Déjala en paz, mamón!

Lasso se dio la vuelta y se encaró a Argi, sin soltar a Marta.

—¿Así que insultando a un profesor? Voy a enseñarte lo que he estado deseando hacer con todos vosotros desde el primer día que entré en clase.

—¿Qué?

La respuesta fue un gancho de derecha en la barbilla de Argi. El muchacho se desplomó como un leño. Lasso se volvió hacia Marta.

—Contigo no tendré que usar estos procedimientos, ¿no?

Marta negó con la cabeza, asustada. Toda la amabilidad de Lasso había desaparecido. Hasta sus ojos parecían distintos.

—¿Qué vas a hacer conmigo?

—Tú haz lo que yo te diga, Marta, y no te pasará nada malo. Pero mucho cuidado: no me obligues a sacar todo la maldad que hay dentro de mí —Lasso apretó la muñeca de Marta hasta sentir cómo los dedos se le clavaban en la carne de la muchacha—. ¿Lo has entendido?

Marta asintió, tratando de contener las lágrimas. Mientras tiraba de ella para alejarla del parque, Lasso sacó un teléfono móvil de su cazadora y marcó un número.

—Soy yo. Ya la he encontrado. Dentro de cinco minutos, donde les he dicho.

Caminaron a un ritmo vivo durante un rato, evitando la zona del centro. Las calles estaban desiertas. Hubo una vez que llegaron a vislumbrar la luz azul de un coche patrulla. Lasso arrastró a Marta a un portal y le tapó la boca. Cuando la policía se perdió de vista, volvieron a salir.

—Ahora vas a conocer a unos amigos míos —susurró Lasso—. Te advierto que yo soy un santo comparado con ellos, así que lo mejor será que tengas la boca cerrada y los pies quietecitos.

—¿Por qué me haces esto?

—No tengo nada personal contra ti, Marta. Necesito una llave para entrar en casa de tu amigo Iluyanka, y ésa eres tú. Cuando coja lo que quiero, te soltaré y todo terminado. ¿De acuerdo?

Marta quiso convencerse de que sería así, pero no podía creerlo.

El Hombre Gris. Él era su oportunidad. Como una niña pequeña, quiso convencerse de que el Hombre Gris podría salvarla de cualquier peligro. Había comprobado su fuerza cuando lanzó a Argi como un guiñapo. Cuando estaba cerca de él se sentía invulnerable, como si nada pudiese afectarla. Rezó para no haberse equivocado.

Al pie de la muralla, donde ésta se unía con los lienzos de la catedral, había dos coches aparcados. Uno era un Golf rojo con matrícula de Madrid, que ya había visto aparcado en el instituto: el coche de Lasso. El otro era un BMW azul. Junto a él, esperaban una especie de gorila y otros dos individuos casi idénticos y con un aspecto tan tétrico que Marta empezó a temblar sin poder contenerse. Lasso le apretó aún más la muñeca.

—No digas nada. Y tranquila, que no te va a pasar nada mientras no te separes de mí.

Lasso se detuvo a unos pasos de los otros tres hombres. Durante unos segundos todos se miraron en silencio. Marta pudo percibir la tensión que había entre ellos, sin embargo no se sintió capaz de aprovecharla en su favor. Bastante tenía con reprimir los temblores.

—¿Es ella? —preguntó el mastodonte de los ojos pequeños.

—¿Quién va a ser si no? —respondió Lasso, de mal

humor—. Ahora, vengan detrás de mí con el coche hasta el castillo.

Volpiani señaló a uno de los gemelos, el que tenía la cara más picada.

—Acompáñales en el coche, Tau.

Cuando iban a montar en el Golf, Lasso le dio las llaves del coche a aquel individuo.

—No me gusta llevar a nadie a mi espalda, así que vas a conducir tú y yo iré detrás. ¿De acuerdo?

El tal Tau se encogió de hombros y no dijo nada. Lasso y Marta pasaron a la parte de atrás. La muchacha suspiró aliviada. Había temido que la obligaran a sentarse con aquel tipo que parecía salido de un cuento de terror de Lovecraft. Lasso resultaba una amenaza menos sobrenatural.

Siguiendo las instrucciones de Lasso, Tau llevó el coche hacia la carretera norte. Marta conocía el camino, pero bajo la luz de la Luna, a tanta velocidad y en aquella compañía no parecía el mismo.

—Lo que quiero que hagas es muy sencillo, Marta —le explicó Lasso, mientras devoraban los kilómetros—. Tu amigo Iluyanka tiene algo que pertenece al hombre que me ha contratado, y, por lo que he averiguado, tú sabes dónde está.

Lasso la estaba mirando directamente a los ojos. Marta apartó la vista hacia la carretera, pero Lasso le cogió la barbilla con dedos firmes y la obligó a mirarle.

—Sé que tu amigo tiene mucho oro. Todo el que ha robado durante años y años. ¿Sabías que era un ladrón? —Marta negó con la cabeza—. Pues sí, no te creas que es un santo. Es alguien mucho peor que nosotros. Incluso ha robado en iglesias, así que seguramente arderá en el infierno para pagar por sus pecados —Lasso soltó una carcajada—. Pero no vamos a quitarle su oro, sino unas extrañas reliquias que sé que has visto. Unos ojos y un corazón. Qué tipo más repugnante...

Marta se estremeció.

—Te aseguro que yo no tengo ningún interés en esos objetos, pero mi cliente sí, y el que paga manda. Quiero que nos lleves al sitio donde tu amigo tiene guardadas las reliquias. Y si él aparece, lo mejor para tu propia salud será que le convenzas de que no se enfrente a nosotros. Yo creo que lo que te pido es bastante sencillo. ¿Lo has entendido?

Marta no contestó. Lasso le retorció la muñeca y repitió la pregunta entre dientes.

—¿Lo has entendido, Marta?

—Sí —gimoteó ella.

Unos veinte minutos después, llegaron a Raposas. Dejaron los dos coches a unos metros de la carretera, en la cuesta que bajaba hacia el embalse, y se dirigieron hacia la muralla. Todos habían traído linternas. Uno de los siniestros gemelos, el que no había ido con Marta, llevaba además una caja de herramientas de metal, y Volpiani cargaba con un saco de lona que parecía muy pesado y sonaba con un tintineo metálico. Marta se preguntó si sería una ofrenda de oro, para cambiárselo al Hombre Gris por los ojos y el corazón que buscaban.

«Que intentaran entrar en la cámara de la biblioteca», se dijo. Las serpientes y el fuego darían buena cuenta de ellos.

Marta se asustó de la ira que había en su propio pensamiento.

Caminaron por las calles del pueblo, entre las casas abandonadas que con su silencio parecían reprocharles sus malvados propósitos. Aparte del crujir de la gravilla bajo sus pies, sólo se escuchaba el ulular de un búho en la lejanía. Lasso seguía agarrando la muñeca de Marta. La muchacha sentía la mano dormida, pero no se atrevió a quejarse.

Llegaron por fin a la puerta del castillo.

—Creo que lo mejor será llamar —dijo Lasso.

Volpiani indicó a los gemelos que se apartaran unos pasos. Marta los miró de reojo, sin mover la cabeza, y vio que sacaban algo de sus chaquetas. No podía verlo bien, aunque estaba segura de que eran sendas pistolas.

Lasso llamó tres veces con la pesada aldaba de bronce y esperó. Los golpes resonaron como estampidos en el silencio de la noche. Pero no sucedió nada.

Lasso volvió a llamar y miró su reloj.

—Tres minutos. Tu amigo está fuera de casa o anda muy ocupado.

Marta se dio cuenta de que la aparente ligereza de su tono intentaba disimular el temor que sentía. Miró los rostros de los otros tres hombres. Todos estaban intranquilos. Recordó la aprensión que había sentido Argi cuando entró con ella en el castillo. Pensó que había una especie de hechizo que protegía la morada del Hombre Gris infundiendo miedo en los intrusos.

Ella era la única a la que no afectaba el sortilegio.

Para su desgracia, porque eso explicaba que la estuvieran utilizando como llave para entrar allí.

—Estamos perdiendo el tiempo —dijo el hombretón que cargaba con el saco.

Tiró de la puerta y comprobó que se abría.

—No me gusta —objetó Lasso—. Esto parece una trampa. ¿Tu amigo suele dejar abierta la puerta? —preguntó, dirigiéndose a Marta.

—Cuando yo he venido, sí —respondió ella.

—En ese caso, adelante.

Pasaron al castillo. Los óvalos de luz de las linternas recorrieron las paredes de piedra, examinándolo todo. A una pregunta de Lasso, Marta les señaló la trampilla del suelo. Volpiani la levantó sin esfuerzo y alumbró la escalera que bajaba hacia las entrañas del castillo.

—¿Es por aquí, niña?

—Sí.

Bajaron en fila india, con Marta en el centro del grupo. Lasso no la soltaba.

Marta se preguntaba cómo entrarían en la biblioteca del Hombre Gris, donde estaban guardadas las reliquias que buscaban aquellos hombres. Recordaba que Iluyanka había apretado algún punto de la pared y que ésta se abrió, pero no tenía memoria de ninguna marca en el muro. ¿Dónde pulsar?

Salió de la duda poco después. El acceso que llevaba a la biblioteca estaba abierto. Volpiani, que iba el primero, se detuvo.

—¿Es por aquí?

—Sí.

El pasadizo era tan estrecho que Volpiani casi lo llenaba con su corpachón. No debió de gustarle la sensación, porque retrocedió y ordenó al otro individuo siniestro —al que llamó Cero— que pasara delante. Avanzaron unos cuantos metros, hasta el recodo, y llegaron a la biblioteca.

Esta vez no hubo candelabros que se encendieran mágicamente. Marta reconoció el lugar, aunque a la luz de las linternas se veía muy distinto. La biblioteca le había parecido casi acogedora cuando el Hombre Gris se la enseñó, y ahora, en cambio, era un lugar muerto, abandonado.

Lasso apuntó al fondo de la biblioteca con su linterna. Encontró la capilla, y la luz se reflejó en el cristal que protegía el nicho.

—¿Es ahí donde tiene las reliquias, Marta? —preguntó.

—Sí. Están detrás del cristal.

—Así me gusta. Buena chica.

Recorrieron la biblioteca sin prestar atención a los libros. Cuando llegaron a la entrada de la capilla, se miraron entre sí. Tal vez habían intuido la amenaza que había allí dentro.

¿Realmente existía tal amenaza, o todo había sido una alucinación de Marta? Había sido fácil creer en la magia cuando estaba al lado del Hombre Gris, pero no ahora, entre aquellos matones.

Volpiani volvió a indicar a Cero que se adelantara. Él le miró poco convencido, y el hombretón insistió con un movimiento de su cuello rocoso.

—Entra y cógelo.

—Está bien —contestó Cero, con una desagradable voz de lija.

Marta contuvo la respiración. Cero, con la caja de herramientas en la izquierda y la linterna en la derecha, cruzó el umbral de la capilla.

Y entonces los acontecimientos se precipitaron.

Dentro de la capilla sonó un siseo y una forma grande y oscura apareció ante el intruso. Cero la alumbró y la luz se reflejó en los ojos carmesí de una gigantesca cobra, que lanzó un rápido ataque. La linterna cayó al suelo y Cero se desplomó con un horrible chillido de agonía.

Todos retrocedieron, incluso Marta. Algo sonó a sus espaldas. Se giró para verlo. ¡El Hombre Gris había llegado, por fin! En la confusión que siguió, los haces de las linternas iluminaron caóticamente la escena, como las luces de una discoteca. Tau levantó la pistola y trató de apuntar con ella al Hombre Gris. Entonces éste le dio un manotazo y mandó el arma contra la pared. Volpiani dejó caer el saco al suelo y se arrojó sobre Iluyanka con una agilidad sorprendente en alguien tan corpulento. Pero el Hombre Gris fue aún más rápido. Le agarró por las solapas de la chaqueta y lo lanzó como un fardo contra los estantes de piedra. Mientras Volpiani se desplomaba, el Hombre Gris se lanzó sobre Tau y le agarró del cuello con ambas manos.

Marta aprovechó para intentar zafarse de Lasso, pero éste tiró de ella con más fuerza. La muchacha se volvió y le dio una patada en la espinilla.

Lasso respondió con un puñetazo salvaje. Marta cayó al suelo, con el oído derecho zumbando como si se lo hubieran reventado. Lasso le puso la rodilla sobre el pecho y apretó.

—¡Quieta!

Marta sintió algo frío en su frente y bizqueó para verlo. Era el cañón de una pistola.

—¡Muévete y le vuelo la cabeza a la chica, Iluyanka!

Sin separar la pistola de la frente de Marta, Lasso alumbró al Hombre Gris. Éste soltó por fin a Tau, que cayó lentamente al suelo, como un muñeco roto, y no volvió a moverse. El Hombre Gris le había partido el cuello.

—No hagas daño a la doncella o morirás —advirtió a Lasso.

—¡No te muevas! Si te mueves, mato a la chica. Si pronuncias una sola palabra más, mato a la chica. Y si tratas de mirarnos a los ojos, mato a la chica. Conocemos todos tus trucos —la voz de Lasso sonaba histérica.

Marta estaba aterrorizada. Si el hombre no controlaba sus nervios, podía apretar el gatillo en cualquier momento.

—¡Por favor, Iluyanka, no dejes que me mate! —suplicó Marta.

El Hombre Gris dejó caer los brazos a los costados y agachó la mirada. Volpiani se levantó, resoplando de dolor, recuperó su linterna, sacó su propia pistola de debajo del pantalón y apuntó al Hombre Gris por detrás. Lasso pareció tranquilizarse un poco.

—Está bien. Ahora vamos a hacerlo todo muy des-

pacio. Y nada de hablar. Me han dicho que tienes una voz muy persuasiva. Pero sólo con que vea abrirse tus labios, aunque sea para respirar, apretaré el gatillo y... adiós a los sesos de tu doncella.

Marta intentó controlar el temblor que dominaba su cuerpo. No se atrevía a moverse, casi ni a pensar. El Hombre Gris la miró un momento a los ojos, como pidiéndole perdón. Marta empezó a verlo a través de un velo de lágrimas. Él no tenía por qué disculparse. ¡Si era ella la culpable de todo!

Siguiendo las instrucciones de Lasso, el Hombre Gris entró en la capilla y sacó el cuerpo de Cero. Volpiani comprobó que también estaba muerto y lo dejó a un lado, como si no lo conociese de nada. Mientras, el Hombre Gris abrió la puerta de cristal del nicho y sacó las urnas que contenían el corazón y aquellos horribles ojos flotantes. Volpiani las guardó en la caja de metal.

—Muy bien, amigo —dijo Lasso—. Ahora, creo que tenemos algo especial para ti.

Volpiani desató la cuerda que cerraba la boca del saco y empezó a sacar de su interior una larga y gruesa cadena. El Hombre Gris retrocedió unos pasos, hasta topar con la pared. Por alguna razón, la cadena parecía asustarle.

—Quítate la gabardina y el jersey —le ordenó Volpiani.

El Hombre Gris se negó con la cabeza.

—¡Hazlo o mato a la chica! —exclamó Lasso.

Con la rodilla del hombre aplastándole el pecho, Marta apenas podía respirar. El zumbido del oído empezaba a remitir, dejando en su lugar un dolor que se le extendía por toda la mandíbula. Pero eso no era nada comparado con el miedo que sentía.

El Hombre Gris debió de leer ese miedo en su mente, porque sacudió tristemente la cabeza y empezó a quitarse la ropa. Cuando se quedó tan sólo con los pantalones, Volpiani se acercó a él y empezó a rodearle los brazos y el pecho con la cadena. El Hombre Gris cerró los ojos y se mordió los labios, conteniendo un gruñido de dolor.

—Pues es verdad que a tu amigo no le gusta el hierro —comentó Lasso—. Venga, levántate muy despacio.

Sin dejar de apuntar a la frente de Marta, Lasso se puso de pie e indicó a la muchacha que hiciera lo mismo. Volpiani ya había rodeado al Hombre Gris hasta la cintura, y ahora tiraba de él como si fuera un perro, dejándole dos metros de cadena.

—Vamos afuera —dijo Lasso, agachándose para coger la caja metálica, siempre encañonando a Marta—. Primero tú, Iluyanka. Nosotros vamos detrás.

El Hombre Gris no dijo nada. Fue Marta la que preguntó, mientras caminaba por el pasadizo con las manos en la nuca:

—¿Qué vais a hacernos?

—Tú, de momento, te vienes a Madrid con nosotros. Tu amigo se va a quedar aquí. Tenemos órdenes de dejarlo bien empaquetadito. Al parecer, el señor Storm quiere volver para entrevistarse personalmente con él. Y quien paga…

«El señor Storm», se repitió Marta. ¡El autor de la

página de Internet! De modo que todo era una trampa para capturar al Hombre Gris, y Marta había sido mucho más que el cebo. Era ella quien había dado la información necesaria para localizar el castillo y las reliquias que guardaba.

Todo empezaba a encajar en su mente, aunque algunas de las piezas no parecieran tener sentido. Storm, el señor tormenta, ¿podría ser el dios de la tempestad al que el dragón había arrebatado los ojos y el corazón miles de años atrás? Marta recordó el sueño que había compartido con el Hombre Gris, y vio a aquel terrible dios amontonando negras nubes, castigando el suelo con cientos de rayos y sacudiendo la tierra con sus truenos mientras trataba de aniquilar a su enemigo.

Y la pieza fundamental de aquel rompecabezas era ella, la propia Marta. Como la hija del dragón en el relato del que le había hablado Argi, iba a causar la ruina de Iluyanka. Aquel mito no hablaba de lo que había sucedido, sino de lo que iba a suceder en el futuro. Su involuntaria traición... ¿O acaso no había sido tan involuntaria? ¿La había obligado alguien a enviar toda su historia por el correo electrónico a aquel desconocido señor Storm? No, ella en su imprudencia, y tal vez en su afán de sentirse importante, lo había contado todo.

Y ahora sería la culpable de todo lo que pudiera pasar.

## *12. Sangre de dragón*

Argi abrió los ojos y vio unas hojas de chopo agitándose al viento. Sin pensar nada, se levantó del suelo tan rápido que estuvo a punto de caerse otra vez. Ahora comprendía mejor la expresión «ver las estrellas». Una espiral de puntos brillantes danzaba ante sus ojos, aunque los cerrara, mientras un dolor martilleante se extendía por su mandíbula inferior. El gancho del profesor de Inglés había sido preciso y contundente.

Se agarró al chopo y miró su reloj. Por la hora, calculó que había estado inconsciente entre treinta y cuarenta minutos. Tiempo más que de sobra para que a Marta le hubiera ocurrido cualquier desgracia.

¡Marta! ¿Dónde se había ido?

Su mente no estaba demasiado clara. Aún quedaban estrellitas danzando, pero hizo memoria de lo que había dicho Lasso: «Tu amigo Iluyanka». Ésa era la causa del ataque. De modo que Lasso debía de haberse llevado a Marta al castillo de Raposas.

La primera intención de Argi fue acudir a la policía. Imaginó la escena que se representaría a continuación, y desistió: «Mi *profe* de Inglés me acaba de atizar un puñetazo para robarme a mi chica, que por cierto también es alumna suya, y se la ha llevado para que le sirva de rehén contra un tío muy raro que en realidad es un dragón. Sí, un dragón, como lo oyen.»

No lo veía muy claro. Y menos si tenía en cuenta que a primeros de curso ya había tenido algún problema con la policía local, cuando le pidieron el carné de identidad por la pinta que llevaba, y él les dio como respuesta una impertinencia.

Ahora lo más importante era darse prisa. Argi echó a correr, y corriendo salió por el puente ancho que daba entrada al parque de la Isla.

—¿Adónde vas tan deprisa, Argimiro? —le llamó una voz familiar.

Argi se detuvo y volvió unos pasos atrás. El que le había llamado era Eduardo Vázquez, un chico que había estado con él en el colegio y que se había convertido en el guapo de la clase de al lado (sobre todo, desde su propio punto de vista). Estaba con un par de chicas a las que Argi apenas conocía. Eduardo y él no congeniaban mucho. A decir verdad, Argi no se llevaba muy bien con casi nadie. Pero, en aquella ocasión, Eduardo tenía al lado algo que podía serle muy útil: su *vespino* rojo.

—Ya ves, a veces me dedico a correr por las noches —explicó, tratando de controlar la voz entre jadeo y jadeo.

—¡Ah! Es muy normal, correr por la noche, ¿verdad? —repuso Eduardo, y miró alternativamente a las dos chicas, que le sonrieron como si sus palabras las hubiera pronunciado un premio Nobel.

«Cada uno corre cuando le da la gana», estuvo a punto de contestar Argi, pero pensó que no era una actitud muy inteligente ser borde, cuando lo que quería era conseguir la moto.

Calculó los movimientos que debería hacer para llevársela y sacudió la cabeza. Si la moto hubiera estado en marcha, tal vez; pero tenía que arrancarla, y eso le iba a dar tiempo suficiente a Eduardo para engancharle por el cuello. Y Eduardo tenía aproximadamente dos veces más músculos que Argi. Como casi todo el mundo, menos Mahatma Gandhi.

¿Y si se la pedía por las buenas?

—Eh..., ya sé que te va a extrañar esto, pero… ¿Podrías prestarme el *vespino*?

—*¿Cómorrr*? No he oído bien.

—Pues eso, que si me puedes dejar tu moto. Es un asunto de vida o muerte.

Eduardo debió de ver tal gesto de ansiedad en Argi que se quedó pensándolo.

—¿De vida o muerte? Hombre, si me dices de qué se trata, a lo mejor te la dejo…

—Ahora no te lo puedo contar, tío, pero te juro que es muy importante.

—¿Tiene que ver con una tía?

—Bueno, sí.

—¡No fastidies, hombre, eso es como para salir en el telediario! ¡Argi con una tía! No será esa Marta que…

—Venga, Eduardo, déjasela —intervino una de las chicas—. ¿No ves que le pasa algo?

Eduardo se cruzó de brazos y meneó la cabeza.

—No sé, no sé. ¿Y si te pegas un *piñazo* con ella?

—No le va a pasar nada a tu moto, y si le pasa, yo pago los desperfectos.

—Por la cuenta que te trae. Venga, anda, llévatela. ¡Y ponte el casco, que no quiero que te metas en ningún lío con mi *vespino*!

Antes de que Eduardo pudiera arrepentirse, Argi se montó en el *vespino,* arrancó y salió a todo gas de allí.

Mientras los kilómetros del camino iban pasando con desesperante lentitud, Argi se debatía entre dos emociones intensas y, hasta entonces, desconocidas para él. Por una parte, aún le quedaba en los labios la dulzura que le había dejado el beso, o más bien, el intento de beso de Marta. Aunque a ella una vez le había contado que el curso anterior había salido con una chica, era todo mentira. Con Cristina no había llegado ni a cogerse de la mano, pero le dolía confesárselo a Marta. Nunca había besado a una chica. Y el recuerdo de lo que había estado a punto de suceder en el parque le hacía sentirse más ligero, capaz de volar.

La otra emoción estaba aferrada a su pecho, y le oprimía tanto que apenas podía respirar. Nunca había sentido miedo por otra persona, pero ahora pensar en lo que pudiera ocurrirle a Marta le aterrorizaba. De pronto Lasso se le aparecía como un personaje siniestro, capaz de hacer cualquier cosa con la muchacha. Se culpó a sí mismo de todo aquel embrollo. ¿Para qué le habría propuesto a Marta la excursión al castillo?

Si no hubiesen ido, no habrían descubierto el tesoro, ni al Hombre Gris, ni ella se habría visto mezclada en aquella delirante historia de dragones y dioses.

Si algo le sucedía a Marta, sería culpa suya.

Aunque, bien pensado, tal vez, si no hubieran ido allí, no habría llegado ese beso tan fugaz y que, sin embargo, aún le duraba la sensación en los labios.

Mejor no pensar en ello y concentrarse en conducir.

A la luz de la luna llena, Argi vio la silueta del castillo recortándose sobre el monte. Fue justo en ese momento cuando la moto eligió empezar a perder velocidad. Argi giró el puño a tope, pero estaba visto que no había nada que hacer. El *vespino* avanzó a trompicones unos metros más, entre toses y gruñidos del motor, cada vez más desganados, y por fin se quedó parada.

—Mucho presumir de ropa de marca, y luego, el muy *capullo,* lleva la moto con cinco duros de gasolina —rezongó Argi, mientras apartaba el ciclomotor de la carretera.

Su primera idea fue dejar la moto tirada en cualquier lado y seguir corriendo hacia el castillo. Luego pensó que sería mejor esconderla bien. Si alguien se la robaba y no podía devolvérsela a Eduardo, se vería metido en un buen lío. No tardó en encontrar una hondonada cubierta de maleza, allí dejó caer el *vespino* sin muchas contemplaciones.

El resto del trayecto lo hizo corriendo. Unos diez minutos después llegó jadeante al lugar donde se cortaba la carretera y empezaba el camino que subía a Raposas. Una vez llegado a su destino, se dio cuenta de que no tenía ni idea de lo que debía hacer a continuación. Había salido corriendo en ayuda de Marta como si fuese el Séptimo de Caballería al completo, sin haberse molestado en trazar un plan.

—Y ahora, ¿qué? —se preguntó, con los brazos en jarras.

Por lo que había oído, Lasso tenía intención de utilizar a Marta para entrar en el castillo. Pero no había ningún coche aparcado allí ni al borde de la carretera. Tampoco podía haber ninguno dentro del pueblo, porque no cabían vehículos por la puerta de la muralla.

Eso quería decir que había llegado demasiado tarde. Entre el tiempo que él había estado inconsciente, lo que había tardado en conseguir la moto y después en llegar hasta allí, Lasso habría podido entrar en el castillo, robar el tesoro entero, quitar de en medio al Hombre Gris, y en cuanto a Marta…

No quiso seguir pensando. Si le había sucedido a Marta…

Un animal grande y alado se posó delante de él con un extraño aullido. Argi dio un grito, salió corriendo hacia la carretera, la cruzó y no paró hasta esconderse detrás de un pino.

Cuando se atrevió a asomarse, vio que la criatura que le había asustado venía hacia él volando otra vez. No era para tanto. El ave se posó en una rama, a unos dos metros de él, y se le quedó mirando con grandes ojos. Era una lechuza.

—Vaya susto me has pegado —se rió Argi, aliviado.

Entre la carrera hasta allí y el sobresalto de la lechuza, se sentía al borde de la taquicardia. Se sentó un momento al lado de la carretera y trató de recobrar el aliento.

Entonces la lechuza emprendió el vuelo hacia el pueblo. Pero aún no había desaparecido de la vista de Argi, cuando dio la vuelta y regresó a la misma rama.

—Esto ya es cachondeo, ¿no? Lo que me faltaba ahora es que se ría de mí un pajarraco.

La lechuza seguía mirándolo con fijeza. Cualquiera pensaría que quería decirle algo. Pero Argi supuso que, al fin y al cabo, las lechuzas siempre miran así.

La rapaz se alejó de nuevo, y en esta ocasión tardó menos en dar la vuelta. Cuando la vio por tercera vez en la misma rama, Argi se puso en pie, pensando que quizá sí quería decirle algo.

«Si puede comunicarse con las aves..., es un dragón», explicaba la página de Internet que habían consultado el día anterior.

El Hombre Gris debía de estar cerca.

—¡Llévame con él!

La lechuza emprendió el vuelo una vez más, y Argi corrió tras ella. El ave se dirigió hacia la orilla del pantano, a la izquierda del camino que subía al pueblo. Argi se quedó un poco rezagado, pues las piedras sueltas y las raíces que sobresalían del suelo hacían peligrosa la bajada.

La lechuza se posó sobre un bulto oscuro que sobresalía del agua, cerca de la orilla. Ya más cerca, Argi vio que se trataba de un tocón de alcornoque, tan grueso que se hubieran necesitado al menos dos personas para rodearlo con los brazos. Había alguien apoyado en él. Era el Hombre Gris. Estaba sumergido en el agua hasta la cintura, y la barbilla se le había caído sobre el pecho desnudo.

Argi se metió en el agua, que estaba más fría de lo que había imaginado, y se acercó al Hombre Gris. Éste levantó la cabeza y abrió los ojos.

—Ya has venido. Sácame de aquí —le ordenó.

—¿Y por qué no se saca usted mismo? —contestó Argi, que no soportaba que utilizaran el modo imperativo con él.

—Me han encadenado con hierro —le explicó Iluyanka—. No puedo luchar contra el hierro..., me está envenenando poco a poco por dentro. Necesito que me ayudes.

Más satisfecho con esa forma de dirigirse a él, Argi examinó la situación. El Hombre Gris estaba sentado, con la espalda apoyada contra el tocón y los brazos forzados hacia atrás en una incómoda postura. Tenía alrededor cinco vueltas de una gruesa cadena, cerradas con un candado tan grande como la palma de una mano.

—Esto no debe de ser difícil —dijo Argi—. Si le hubieran atado a un árbol entero no podría sacar la cadena, pero así sólo tendré que tirar hacia arriba.

Lo intentó, para descubrir que no era tan sencillo como había imaginado en un principio. La cadena estaba muy apretada contra el tocón y éste, además, tenía gruesos nudos que impedían moverla. Argi no podía apenas meter los dedos entre los eslabones para tirar de ellos.

—Paciencia. Quizá tarde un poco más de lo que he dicho.

—La prisa no da buenos consejos —repuso el Hombre Gris—. Pero temo por tu amiga, así que no te adormezcas.

Argi se puso aún más nervioso al pensar en Marta. Examinó el candado, infructuosamente. No tenía horquillas, ni una navaja, ni nada con lo que forzarlo. Además, no hubiera sabido hacerlo. En las películas resultaba muy fácil, sin embargo él lo había intentado más de una vez y ni siquiera había podido con la cerradura de la hucha de su hermana.

Tal vez si lograba hacer palanca, podría tirar de la cadena hacia arriba y soltarla del tocón. Sólo necesitaba moverla un palmo.

—Un momento —le dijo al Hombre Gris.

Salió del agua chorreando, impedido por el peso de los vaqueros empapados, y buscó por el suelo algún objeto que le pudiera servir. Por fin, encontró una gruesa rama que tal vez podría valer. Volvió junto al Hombre Gris, introdujo la punta entre el alcornoque y un eslabón y empezó a hacer palanca. No había nada que hacer. Apenas era capaz de mover la cadena, y además, cuando llegaba a un nudo, se quedaba completamente trabada.

Maldiciendo entre dientes, rodeó el tronco para dirigirse al Hombre Gris.

—Escuche: voy a entrar al pueblo. Seguro que encuentro alguna barra de metal, o cualquier otro objeto con el que pueda romper un eslabón o el candado.

—¿Crees que tendrás fuerzas para hacerlo? —le preguntó el Hombre Gris, escéptico.

Argi dejó caer los brazos y soltó la rama.

—Tiene razón. Va a ser inútil. Tengo menos fuerzas que una cría de mosquito.

El Hombre Gris forcejeó, casi sin energías.

—Si no fueran de hierro… Así no puedo hacer nada.

Argi salió del agua y se sentó en la orilla, a poca distancia del Hombre Gris. Éste parecía haberse resignado a su cautiverio.

—¿Dónde está Marta? —preguntó Argi.

—Se la llevaron los mismos que me han encadenado.

—¿Adónde?

—Podría saberlo si me librara de estas malditas cadenas.

—¿De verdad le afectan tanto?

—¿Tú qué crees? ¡Si no fuera por ellas, no habrían conseguido inmovilizarme aquí! —rugió—. Vencido tan sólo por cuatro hombres…

«Tan sólo por cuatro hombres», se repitió Argi. No entendía que el Hombre Gris se quejara. Para tumbarle a él, sólo había hecho falta un cuarto de puñetazo.

Se estaba levantando un viento frío que a Argi, medio empapado como estaba, le hacía sentirse aún más miserable. Allí estaban los dos, el supuestamente poderoso Iluyanka, inmovilizado por la magia del hierro, y el evidentemente débil Argimiro con el cerebro paralizado y seco de ideas. ¿Qué le estarían haciendo a la pobre Marta mientras tanto?

El Hombre Gris había vuelto a abatir la cabeza y tenía los ojos cerrados. Tras su acceso de rabia, las fuerzas parecían haberle abandonado y se le veía resignado con la derrota.

—¿Usted no es un dragón? —estalló Argi—. ¿Por qué no funde esas cadenas con su fuego? ¡Tiene que ayudar a Marta!

El Hombre Gris abrió los ojos lentamente, como si despertara de un sueño profundo.

—Supongo que tú me debes ver aspecto de dragón, muchacho, pero yo sólo veo aquí a un viejo incapaz de ayudarse a sí mismo —respondió con resignación—. Parece que hay más de uno que ve en mí a un dragón, pero me temo que no soy más que un pobre loco.

Argi se puso de pie y volvió a entrar en el agua, haciendo caso omiso del frío.

—¿Entonces por qué duerme sobre un montón de oro, y por qué lo guarda en una cueva? —protestó.

De pronto quería creer, no, quería saber que el Hombre Gris era realmente un dragón.

—¿Hay algo que un viejo en su locura no sea capaz de hacer? —el Hombre Gris cabeceó tristemente—. Nada demuestra eso. Sólo serviría como prueba que…

De pronto se quedó callado, completamente inmóvil, con los ojos entrecerrados y la cabeza muy erguida.

—Oiga, ¿qué le pasa?

El Hombre Gris tardó unos segundos en contestar.

—Muchacho, consigue una herramienta que corte.

—Ese candado es tan grueso como…

—Me refiero a un objeto que pueda cortar la piel. ¡Tráemelo!

La orden era tajante. Argi no se molestó en pensar o discutir. En la orilla había muchas piedrecillas, algunas con puntas o filos, pero a la luz de la Luna era difícil juzgar cuáles podrían cortar, a no ser que probase con sus propios dedos. Entonces se topó con algo liso y frío que brillaba. Era un trozo de cristal. Se lo enseñó al Hombre Gris.

—Esto corta, desde luego, si uno no tiene cuidado —le explicó—. Ahora, ¿qué pretende que haga?

El Hombre Gris torció la cabeza hacia la derecha y se señaló el hombro con la barba.

—Hazme un corte ahí, hasta que veas salir sangre.

Argi se quedó boquiabierto.

—Tenía usted razón. ¡Está como una cabra!

—Córtame.

Cuando el Hombre Gris bajaba la voz, resultaba imposible desobedecerle. Argi, olvidando sus prejuicios contra los verbos en imperativo, se acercó a él, le puso la mano izquierda en el hombro y con la derecha se dispuso a hacer de improvisado cirujano.

—Oiga, que este cristal lo he cogido del suelo. A ver si le va a dar el tétanos.

—No digas tonterías y corta de una vez.

Argi apoyó la punta del cristal en la piel del Hombre Gris y la deslizó por encima. Sólo consiguió hacerle un arañazo.

—¿Es que te da miedo la sangre, muchacho?

—Si me hubiera querido hacer médico, habría escogido Ciencias.

Argi volvió a apretar, esta vez con más decisión. La piel del hombro se hundió hasta rasgarse, y brotó una gota de sangre. El muchacho apretó los dientes y arrastró el cristal hasta hacer un corte de unos cinco centímetros. La sangre del Hombre Gris le manchó el dedo índice, y con su contacto sintió un intenso aguijonazo.

—¡C...! ¡Esto pica!

Argi apartó el dedo y se lo lavó en el agua. Le era difícil apreciarlo a la luz de la Luna, pero tenía la impresión de que le había quedado la marca de una quemadura.

Un siseo llamó su atención. La sangre del Hombre Gris estaba goteando por su hombro, y al caer sobre la cadena provocaba una espectacular reacción. Argi había visto actuar ácidos en el laboratorio del instituto, pero aquella sangre era mucho más corrosiva. Dos eslabones estaban humeando, y el metal se consumía ante la incrédula mirada de Argi. Por último, la cadena se partió. La herida del Hombre Gris parecía haberse cerrado sola, aunque su sangre había dejado un olor acre que irritaba también los ojos. Argi volvió a mirarse el dedo y se maravilló de conservarlo aún.

—Ayúdame —dijo el Hombre Gris—. Yo solo no puedo quitarme el hierro de encima.

Argi desenrolló la cadena y la dejó caer al agua. Después, ayudó a levantarse al Hombre Gris, cuidando de no tocarle el hombro. Salieron a la orilla. El Hombre Gris se apoyó en Argi para caminar, y se alejaron unos metros.

—Aquí está bien. Ya no siento la cercanía del hierro —explicó Iluyanka, mientras se sentaba para reponer fuerzas.

Argi le observó con detenimiento, aprovechando que estaba desnudo de cintura para arriba y que la luz de la Luna le daba de lleno. El torso del Hombre Gris era fino y a la vez musculoso, pero tenía algunas anomalías que llamaban la atención. Las vértebras de la espalda le sobresalían demasiado, formando pequeñas crestas, y las costillas, a unos cinco dedos de la columna, presentaban unas extrañas protuberancias que amenazaban con romper la piel. ¿Vestigios de las alas de un dragón?

De todas maneras, Argi no necesitaba reparar en esas rarezas para convencerse de que se encontraba ante una criatura de otra especie. La sangre le había convencido.

—Sangre de dragón —pensó en alto—. La sangre de dragón es corrosiva…

—Así parece, muchacho —dijo el Hombre Gris, poniéndose en pie.

Argi se apartó intimidado cuando lo vio erguirse en toda su estatura.

—No temas: estoy en deuda contigo —le tranquilizó Iluyanka—. Ahora tendrás que disculparme, pero he de tomar medidas para ayudar a nuestra amiga.

El Hombre Gris se encaminó hacia la entrada del pueblo a grandes zancadas. Argi tuvo que apretar el paso para seguirle.

—¡Espere! ¿Qué va a hacer?

El Hombre Gris no se molestó en contestar. A duras penas, Argi consiguió mantenerse a su lado hasta la muralla que rodeaba Raposas, pero al entrar al pueblo tropezó con una raíz y cayó de bruces al suelo. Cuando quiso levantarse, el Hombre Gris ya le sacaba diez metros de ventaja. Era evidente que se dirigía hacia el castillo, de modo que Argi decidió tomárselo con calma y alcanzarlo más tarde.

Cuando Argi llegó al final de las casas del pueblo, ante la cuesta que llevaba al castillo, al Hombre Gris no se le veía por ninguna parte. Se detuvo para tomar aliento y emprendió la subida final, sin perder de vista la puerta de la fortaleza. El esfuerzo apenas le había dejado tiempo para pensar, pero ahora se acordaba de Marta. ¿Por qué se la habían llevado, si a quien buscaban era a Iluyanka y, supuso, a sus tesoros?

Seguramente la querían de rehén. Tembló al pensar en lo que podían hacerle. Siempre había disfrutado de su imaginación truculenta, aunque en ese momento le daba miedo utilizarla.

Cuando estaba a unos veinte metros del castillo, vio una luz sobre el torreón de la parte este. Era el Hombre Gris. Llevaba una antorcha en una mano, y en la otra un objeto grande y pesado que sujetaba por un asa. Argi se detuvo, e incluso se apartó unos metros para ver mejor. ¿Qué pretendía aquel loco allí arriba?

El Hombre Gris soltó la antorcha y debió de apoyarla en una almena, porque sus llamas, aunque no se veían, seguían alumbrándolo. Después, con las dos manos, levantó el objeto sobre su cabeza. Se trataba de un bidón, y lo que contuviera sirvió al Hombre Gris para bañarse a conciencia.

Argi comprendió lo que iba a pasar y se mordió la mano, horrorizado.

El Hombre Gris volvió a tomar la antorcha y recorrió su propio cuerpo con ella. Al momento se convirtió en una tea humana, y su grito de dolor fue tan penetrante que Argi tuvo que chillar a su vez para sacárselo de los oídos. Paralizado por el horror, contempló cómo el Hombre Gris corría en círculos por el techo de la torre, sin dejar de aullar, huyendo de un atroz sufrimiento que, sin embargo, llevaba a sus espaldas. Las llamas crecían de una forma que no era natural, como si su propia carne fuera el combustible que las alimentara. Argi pensó que, si existía el Infierno, las almas de los condenados debían de arder así.

Por fin, el Hombre Gris no pudo soportar más el dolor y se arrojó desde una almena, con un último alarido que se convirtió durante la caída en un rugido animal. Argi lo perdió de vista, y segundos después oyó el chapoteo de su cuerpo en las aguas del pantano.

Argi corrió hacia el castillo y después siguió el contorno de sus muros hasta llegar al borde del acantilado. Antes de asomarse pisó el terreno con precaución. Había una roca saliente de aspecto bastante sólido, y a ella se agarró antes de mirar hacia el agua.

Veinte metros más abajo, las aguas se veían oscuras, pero dentro de ellas había una luz azulada que se adivinaba muy hundida en las profundidades. ¿Sería posible que las llamas que abrasaban al Hombre Gris siguieran ardiendo dentro del pantano? Argi se estremeció al pensar en el suplicio de un fuego que ni el agua podía extinguir.

Lejos de apagarse, la luz se mantenía, cambiando de color de un borde a otro del espectro. Poco a poco se levantó un borboteo profundo y grave, como si las aguas del pantano estuvieran rompiendo a hervir. La luz empezó a extenderse y a subir, entre enormes burbujas que ascendían a la superficie y reventaban al llegar arriba con un estrépito creciente. Una vocecilla en la cabeza de Argi le dijo que sería mejor apartarse de allí, el problema era que había perdido el control de sus piernas y no era capaz de moverse.

La luz se había convertido en un resplandor muy extenso, acaso de cincuenta metros de lado. Pero ahora, en su centro, estaba apareciendo una sombra muy grande que ascendía a la superficie. Aquella sombra empezaba a cobrar forma y, por más que Argi lo esperara en un rincón censurado de su mente, no podía creer lo que comenzaba a vislumbrar.

Las aguas se abrieron, y un cuello muy largo se desplegó chorreando para alzar al cielo una cabeza de aspecto formidable, plagada de crestas y cuernos; una cabeza que miró directamente a la Luna con ojos incandescentes, abrió una boca enorme y plagada de colmillos capaces de triturar la piedra, y desafió al cielo con un rugido que despertó ecos en todas las tierras que rodeaban el pantano.

Siglos después, el mundo volvía a escuchar el bramido de un dragón.

Argi decidió hacer caso, por fin, a la voz interior que le había aconsejado huir. Primero reculó muy despacio, hasta que dejó de ver aquella cabeza monstruosa, y después, cuando creyó que se encontraba fuera de su vista, se dio la vuelta y corrió con todas sus fuerzas, veloz como nunca antes lo había sido.

Pero cuando aún no había llegado a la aparente seguridad que le daban las casas del pueblo abandonado, una gran sombra sobrevoló por encima de su cabeza.

Argi se detuvo y miró hacia arriba. La enorme criatura planeó silenciosamente, con las alas a medio desplegar, y descendió. Se posó a unos diez metros de él, aunque tal vez posarse no era un verbo muy adecuado para describir de qué forma retembló el suelo al alcanzarlo.

El dragón giró su gigantesco cuerpo con una agilidad imposible y miró a Argi. Aunque sus ojos se habían transformado y ahora eran rojos, y no quedaba nada de humano en los rasgos escamosos que los rodeaban, había aún algo en ellos que recordaba al Hombre Gris. El dragón abrió la boca y Argi se encogió, convencido de que iba a ser incinerado por un río de fuego.

—¿Me tienes miedo, muchacho? —le preguntó una voz que sonaba como sonaría la del Hombre Gris después de pasar por un gigantesco amplificador y hacerse al menos una octava más grave.

Más tarde, Argi pensó que su contestación había sido un poco absurda.

—Pero..., pero..., ¿cómo es que puedes hablar? Tu anatomía no puede estar preparada para hablar como los hombres...

—¿Qué demonios estás diciendo, muchacho? —el dragón proyectó su largo cuello y acercó la cabeza a menos de cuatro metros de Argi, una distancia demasiado intimidadora con una criatura tan grande—. Fuimos los dragones los que inventamos las lenguas de las que proceden todas las vuestras. Nosotros os enseñamos a hablar. Deberías preguntarte por qué vuestra anatomía está preparada para hablar como los drago-

nes —soltó una retumbante carcajada—. Más bien para imitar la lengua de los dragones, como una rata chillona podría imitar la vuestra.

Alrededor del dragón se sentía un intenso campo eléctrico. El muchacho hacía esfuerzos por dominar el pánico. Tenía un dolor en el vientre que no presagiaba nada bueno si no era capaz de controlarlo.

—Puedo sentir tu miedo —dijo el dragón, apartando la cabeza y levantándola hacia el cielo; erguido así, debía de medir tanto como un edificio de cuatro pisos—. Es sensato temer al dragón, pero tú no tienes por qué hacerlo. Me has ayudado a librarme del hierro, y además eres amigo de la doncella.

—¡Marta! —recordó Argi, y pensar en su amiga le hizo olvidarse de su propio miedo físico—. ¿Dónde está?

El dragón oliscó y entrecerró sus ojos ardientes, mientras movía la cabeza de un lado a otro a quince metros del suelo. Al hacerlo, tuvo también que mover la cola para equilibrar su gigantesco cuello, y el apéndice en forma de escudo que tenía al final de ella chocó contra el muro de un corral. Las piedras se derrumbaron con estrépito. El dragón ni siquiera reparó en aquel destrozo.

—Ahora puedo sentirla —dijo con su voz retumbante—. La tiene mi enemigo, y debe creerse muy fuerte por ello. Parece que ha recuperado su corazón y sus ojos, pero si se los quité una vez, podré hacerlo de nuevo.

El dragón se puso de pie sobre sus patas traseras, que abrieron un surco en la tierra, y empezó a desplegar las alas. Argi gritó sin pensar.

—¡Espera! ¡Yo también quiero ayudar a Marta! ¡Llévame contigo!

El dragón se detuvo en posición rampante, apoyado también en la cola. Su cabeza estaba al menos a veinte metros del suelo; a pesar de ello, oyó a Argi y se dignó contestarle.

—Tú espera a que los mayores resuelvan sus diferencias. Volverás a ver a tu amiga. Le juré por mi honor que no sufriría ningún daño, y el honor de Iluyanka no es tan sólo una palabra de adorno, como el de los humanos.

—¡Un momento! ¡Tienes que llevarme! ¡Me lo debes!

El dragón se dejó caer sobre sus patas delanteras, y el temblor del suelo al recibir su impacto derribó a Argi. Con un movimiento serpentino, la cabeza de Iluyanka volvió a acercarse a dos metros escasos del muchacho, tanto que podía sentir el olor acre de su aliento.

—¿Te lo debo? —articuló lentamente.

Hay que ser muy valiente o estar muy loco para discutir con una criatura alada que tiene el tamaño de un diplodoco y los dientes de un *tiranosaurio.* O haber pasado por todo lo que había pasado esa noche Argi.

—¡Te he ayudado a librarte de las cadenas! ¡Tú solo no habrías podido! ¡Tienes que llevarme, por tu honor de dragón! ¿No me dijiste que estabas en deuda conmigo? ¡Pues quiero cobrarla ahora!

Iluyanka abrió la boca, mostrando sus dientes, largos y afilados como sables, y su doble lengua roja. Argi empezó a encogerse, convencido de que de esta vez se iba a convertir en cenizas, pero lo que salió por la boca del dragón fue una gran carcajada, tan grave que el muchacho sintió que le retumbaban las costillas.

—¡Honor de dragón! Supongo que no debería haber hablado, pero es cierto que he quedado atado a ti por una deuda tan sólida como esas cadenas que me ayudaste a romper.

Iluyanka bajó la cabeza hasta tocar el suelo con ella.

—Eres la segunda persona que va a montar sobre mi cuello. Colócate detrás de las crestas laterales y agárrate a los dos cuernos pequeños que verás en el centro.

Argi había saltado una vez al agua desde un trampolín de casi diez metros, y lo había hecho conteniendo el aliento y actuando sin pensar. Esta vez también tomó aire, se acercó al dragón, pasó junto a su ojo incandescente, pues era cierto que salía calor de él, y agarrándose a la serie de enormes púas y crestas que festoneaban su cabeza, trepó hasta el lugar que se le había indicado. Allí el cuello se estrechaba, y sin embargo Argi tuvo que abrir tanto las piernas que casi le dolían las caderas. Los dos «pequeños» cuernos estaban allí, pero, en realidad, eran tan gruesos que no podía cerrar del todo las manos a su alrededor.

«Me voy a caer de aquí en cuanto se mueva. Esto no ha sido buena idea», pensó Argi. Estaba a punto de decir que se había arrepentido y que quería bajar, cuando el dragón estiró el cuello y volvió a colocarse en posición rampante. Fue una subida de veinte metros en una fracción de segundo. El estómago se le bajó a los pies. Argi apretó la presa por los muslos y manos, pero no pudo evitar resbalarse hacia atrás. Cuando estaba empezando a repasar cómo había sido su corta vida, su espalda chocó contra algo duro. Eran dos púas grandes como colmillos de elefante que el dragón tenía antes de que empezaran las placas dorsales, y entre ellas quedaron encajados los hombros del muchacho.

—¡Socorro! ¡Que alguien me baje de aquí! —gritó.

Más tarde, Argi tuvo la duda de si había llegado a llamar a su madre. Pero era un recuerdo demasiado humillante y se negó a aceptarlo.

—Tranquilo, muchacho —la voz del dragón retumbaba entre las piernas de Argi—. Puede que pases un poco de miedo, pero no te caerás. ¡Allá vamos!

El dragón batió sus alas con un gesto poderoso, y sonó un estampido, como si un gigantesco paracaídas se hubiese desplegado de golpe. Ese primer impulso los llevó a levantarse diez metros del suelo. Después, entre los gritos de terror de Argi, cada nueva batida los fue elevando más.

Al cabo de un rato, Argi se atrevió a abrir los ojos y miró, casi de reojo, hacia el suelo. Raposas estaba quedando atrás y muy abajo, y sobrevolaban el pantano ganando velocidad por momentos. Argi no podía ver la cabeza de Iluyanka, pues se la tapaba la gran cresta, pero lo agradeció, ya que también le protegía del aire.

Hablar tal vez le ayudaría a vencer el miedo.

—¿Qué le pasó a la primera persona que llevaste encima?

—Murió en un naufragio, algún tiempo después. ¡Sobrevivir a una cabalgada en dragón para morir en un barco! ¡Eso sí es tener mala fortuna!

—Ya, pero de tu cuello no se cayó, ¿verdad?

—Tranquilo, muchacho. ¡No te caerás!

Aún bastante lejos Argi vio a su izquierda una aglomeración de luces. Aunque nunca la había visto desde el aire, supuso que era Tarpeya.

—¿Está allí Marta?

—No. La han llevado mucho más lejos.

—¿Pero vamos a pasar por encima de Tarpeya?

—¿Por qué no?

Argi tuvo una inspiración.

—¿Puedo pedirte un favor?

—No abuses, muchacho. La gratitud de un dragón no es ilimitada.

—Sólo es una pequeña demostración, ¡oh, poderoso Iluyanka!

Por alguna razón, a Argi le pareció apropiado dirigirse al dragón de aquella forma rimbombante. Los personajes de sus traducciones de latín y griego hablaban así, e Iluyanka debía de ser mucho más antiguo que ellos.

—Me gusta comprobar que en estos tiempos todavía existe algo de respeto —dijo el dragón.

Argi se sorprendió. ¿Le habría leído la mente?

—Estás muy excitado muchacho, y tus pensamientos son tan sonoros que puedo oírlos —le confirmó el dragón—. Cumpliré tu pequeño deseo.

* * *

A aquella hora ya habían cerrado casi todos los locales de Tarpeya. Sólo quedaban abiertas un par de discotecas a las que se dirigían los noctámbulos que se resistían a volver a casa. La mayoría de los chavales de menos de dieciocho años se habían retirado, aunque aún quedaban algunos, los más audaces o los más consentidos. La gente cruzaba la plaza y las calles aledañas en grupos, más o menos ruidosos según la cantidad de alcohol que llevaran dentro. Había una despedida de soltera, con diez o doce chicas que torturaban los oídos de los vecinos con sus canciones desafinadas. También estaban las mujeres que iban en grupitos de tres o cuatro, aficionadas a bailar hasta el amanecer y quién sabe si a darle una oportunidad final a algún admirador. Y los buitres profesionales, hombres que merodeaban por las discotecas con el cubata en la mano, borracheras siempre crecientes y una increíble capacidad para hacerse los sordos ante las negativas de las mujeres a las que pretendían ligarse.

A las cinco cuarenta y tres minutos (a.m.) de aquella madrugada, había en la plaza unas cuantas personas muy borrachas, otras completamente sobrias, y una gran mayoría que sólo estaba contentilla. Los que estaban ebrios recuperaron la sobriedad casi de golpe, y los que estaban sobrios o casi sobrios creyeron hallarse bajo los efectos de una monumental borrachera colectiva.

La primera señal del prodigio fue un ruido muy fuerte y prolongado, apenas definible. Era tal vez como el motor de un reactor, pero sonaba demasiado bajo y sólo duró unos segundos. Todas las cabezas se volvieron hacia el Oeste, buscando el origen de aquel fragor. Y allí, pasando por delante de la luna llena que ya acariciaba las montañas, vieron aparecer una silueta enorme y alada que despertó en todos terrores ancestrales y a la vez sueños olvidados.

Todas las voces cesaron en la plaza. Sólo se oían apagados murmullos de incredulidad. Sobre las cabezas de los noctámbulos, casi rozando los tejados de los edificios de la plaza, pasó la sombra gigantesca de un dragón cabalgado por una diminuta figura humana.

Los testimonios posteriores fueron contradictorios. Para algunos, la legendaria criatura pasó sobre la plaza como un soplo de viento, mientras que otros lo recordaban a cámara lenta, como si el dragón se hubiera regodeado en su vuelo. Pero todos coincidieron en que en un momento dado volvió a rugir, y lo hizo con tal potencia que muchas ventanas estallaron. Y para terminar de grabar su vuelo en la memoria de los tarpeyanos, el dragón escupió fuego, un inmenso chorro de llamas azuladas cuyo calor pudieron sentir en la piel los que estaban en el extremo oriental de la plaza.

Cuando el dragón hubo desaparecido más allá de los tejados, hacia el Este, el silencio aún duró unos segundos. Después se desataron los comentarios, y ya no cesaron durante muchos días.

Aquella fue una fecha clave en la historia de Tarpeya, a pesar de que nunca se reconoció oficialmente.

## *13. El dios de la tormenta*

Marta no había vuelto a Madrid desde que se fue a Tarpeya, después de Navidades, y desde luego, no se había imaginado que regresaría de aquella forma. El Golf iba lanzado por la nacional cinco, a casi doscientos kilómetros por hora, pero Marta no reparaba en la velocidad con la que pasaban las señales a su lado. Lo que de verdad le daba miedo era el hombre que iba sentado junto a ella. Una sola noche parecía contener varias vidas. En las primeras horas se había sentido una nueva persona, se había permitido el lujo de coquetear con su profesor de Inglés y de besar a un compañero. Y más tarde todo había dado un giro brutal. El hombre que un rato antes intentara seducirla la había amenazado con una pistola en la frente, y ahora la llevaba secuestrada (sí, ésa era la palabra) a algún lugar de Madrid.

Además había presenciado dos muertes, y nunca antes había visto un cadáver, ni siquiera el de su padre, que había muerto cuando ella era muy pequeña. En la biblioteca del Hombre Gris habían dejado dos hombres tendidos, los de los siniestros gemelos Tau y Cero. Sus propios compañeros ni se habían molestado en echar una mirada atrás, pero Marta no había podido evitar verlos. Y lo peor era que estaba convencida de que ella acabaría esa misma noche tirada en el suelo, tan inerte como ellos.

Entraron en Madrid por la M-30. Cuando llegaron al primer semáforo, Lasso se volvió hacia Marta y le enseñó la pistola, que llevaba encima de las piernas.

—Puedo conducir con una mano. Si intentas abrir el seguro de la puerta y salir, tendré tiempo de sobra para pegarte un tiro. Y no pienses que voy a disparar a las piernas. ¡Bang!, y a la cabeza. ¿Lo has entendido?

Marta le miró con odio, pero asintió.

Detrás de ellos venía el BMW de Volpiani, que no se había alejado en ningún momento. Marta no tardó en averiguar el lugar de destino: la torre Gaudí, el nuevo orgullo de la ciudad, un esbelto cilindro de acero y cristal de más de doscientos metros de altura. Pasaron al aparcamiento y dejaron el coche en una plaza que estaba reservada, junto a otras tres, con un cartel que rezaba «STORM».

Lasso bajó primero y rodeó ágilmente el coche para abrir la puerta de Marta.

—Sal y no hagas tonterías. A estas horas no hay nadie aquí, y además esta pistola lleva silenciador.

Lasso tendió la mano a Marta, no por galantería, sino para asegurarse de que no intentaba escapar. Volpiani se unió a ellos y saludó a Lasso con un monosílabo gutural. Entraron en uno de los ascensores, que con el tono impersonal de un procesador de voz les preguntó la planta a la que querían ir.

—Sesenta y cinco —contestó Lasso.

El ascensor tenía un espejo. Marta se vio, pálida, despeinada, el gesto descompuesto. Encajada entre aquellos dos hombretones, parecía aún más pequeña e indefensa, y sintió lástima de sí misma.

Lasso se estaba mirando para retocarse el flequillo. Al verse sorprendido por la muchacha, improvisó una sonrisa de complicidad. Marta sintió un desprecio tan grande que le revolvió el estómago.

Al salir del ascensor llegaron a un pasillo tapado por una reja de acero, con una cerradura electrónica. Volpiani marcó la combinación y la reja se abrió. Caminaron unos metros por el pasillo enmoquetado hasta llegar a una puerta blindada. Aún no habían llegado a ella cuando se abrió y apareció un hombre alto y delgado, vestido con un traje azul. Llevaba unas gafas negras. Marta pensó que debía de ser ciego, pero el hombre movió la cara hacia ella como si pudiera verla.

«¿Y por qué iba a ser ciego?», se preguntó. Podía ser una alergia, sensibilidad a la luz, conjuntivitis, o una excentricidad sin más. Pero la idea de que era ciego no se le iba de la cabeza.

El hombre sonrió sin alegría ni calor. Marta sintió un estremecimiento. Aquel individuo, con su palidez de cadáver, acentuada por los fluorescentes del pasillo, parecía mucho más peligroso que Lasso y Volpiani juntos.

—Bienvenida a mi humilde morada, joven doncella.

Las mismas palabras podría haberlas pronunciado el Hombre Gris, aunque ahora sonaban muy distintas en los descarnados labios de aquel hombre.

—Nos conocíamos por ordenador, pero estaba deseando verte en persona. Me habías parecido una joven muy inteligente, por tus cualidades como escritora. ¿No te acuerdas? Yo soy el señor Storm.

Marta asintió lentamente, aunque no contestó. Tenía un nudo en la garganta que le impedía hablar, y además estaba convencida de que una palabra de más podía sellar su destino.

Storm la invitó a pasar. Cuando entró, Marta sintió que se le erizaba el vello de los antebrazos. Había una especie de campo eléctrico que rodeaba a Storm, igual que le pasaba al Hombre Gris. Era él, se dijo Marta: el dueño del corazón y los ojos. Parecía irracional, absurdo, imposible, mas estaba segura de que así era. Y no quiso saber qué habría debajo de aquellos cristales negros.

La morada de Storm no tenía en realidad nada de humilde. Había objetos valiosos (cuadros, esculturas, colmillos de elefante, joyas, vasijas antiguas) en el recibidor, en el pasillo, en una sala intermedia que atravesaron y, por fin, en el despacho en el que se detuvieron. Storm tomó asiento detrás de un escritorio de caoba e invitó a Marta a que hiciera lo propio en un cómodo sillón de cuero. Lasso y Volpiani se quedaron de pie, a ambos lados de la muchacha.

—Guarde su arma, Lasso —dijo Storm—. Ya no hace falta aquí. Nuestra invitada no tiene prisa en irse, ¿verdad?

Marta pensó en decir que sí tenía prisa, que su familia iba a llamar a la policía si no volvía a casa, pero no fue capaz de articular palabra. Por otro lado, estaba segura de que aquella amenaza no serviría para nada.

—Ponga aquí eso y salga —le indicó Storm a Volpiani.

El hombretón dejó la caja sobre la mesa, con cuidado de no rayar la madera, y abandonó el despacho sin decir nada. Storm se puso de pie, abrió la caja y sacó las dos urnas. Primero, la del corazón que seguía palpitando lentamente. Después, la de los ojos. Sonrió, esta vez con verdadero placer, y los profundos surcos que rodeaban su boca (las únicas arrugas de su rostro) se hicieron más profundos.

—En el ciclo de la vida todo acaba sucediendo —comentó, casi para sí—. Qué gran verdad es.

Le acercó la segunda urna a Marta. La muchacha se retrepó en el sillón, asqueada de aquellos ojos descarnados y grotescos.

—Supongo que no es muy agradable verlos así. Tal vez después te gusten más, cuando ocupen su sitio natural. Ha cumplido usted parte del trabajo, señor Lasso. ¿Y la otra? ¿Qué ha hecho con Iluyanka?

—Lo he dejado atado con la cadena de hierro, como usted dijo. Me he asegurado de que no pueda soltarse, aunque si quiere algo de él, le recomiendo que vaya a buscarlo pronto, antes de que alguien pase por allí. El lugar es solitario, mas quién sabe...

Marta chasqueó la lengua. Lasso cada vez le resultaba más despreciable. Ella había visto cómo Volpiani encadenaba al Hombre Gris a un tronco. Lasso se había limitado a mirar, pero ahora pretendía anotarse un miserable punto que ni siquiera le correspondía.

—Buen trabajo. Debo felicitarle.

—Gracias, señor Storm.

—Aunque en realidad casi todo el mérito es de nuestra doncella

Storm se sentó, formó una tienda de campaña con sus dedos finos y pálidos y miró a Marta.

—Había previsto que encontraríamos un cebo, pero tú has sido mucho más. En el pasado intenté algo similar. ¿Conoces el mito?

Marta carraspeó. Era mejor hacer cualquier comentario, el que fuera, y no parecer tan asustada como de verdad se sentía.

—Se refiere al de la hija del dragón…

—En efecto. Es un antiguo relato hurrita, aunque suele considerarse hitita. El hijo del dios de la tempestad seduce a la hija del dragón y consigue que ésta traicione a su padre. La joven entrega a su amante los ojos y el corazón que Iluyanka guarda en lo más profundo de su cubil, y con ello causa la ruina de su padre. Así tenía que haber ocurrido, pero el dragón descubrió las intenciones de los amantes y los abrasó con su fuego. El mito no cuenta cómo sucedió realmente, sino cómo debía haber ocurrido… según mis planes. Pero ahora la rueda del tiempo ha girado y, esta vez, no he desaprovechado mi oportunidad. Lamento decir que mi rival se ha vuelto viejo y desmemoriado. Su legendaria astucia le ha abandonado.

Storm, de improviso, se quedó en silencio. La mayoría de las personas hacen algún gesto o cambian de inflexión para indicar que su turno de conversación ha terminado y que el interlocutor puede hablar. Storm parecía inhumano incluso en eso.

—Entonces, usted quiere decir… que es un dios —dijo Marta, vacilante.

—Así me llamaron los hombres en el pasado. No me desagrada, teniendo en cuenta lo que significa.

Se oyó una risa contenida. Marta volvió la cabeza y vio a Lasso, firme y mirando a la lejanía, como un soldado sorprendido en falta.

Storm se levantó como un látigo y rodeó el escritorio para plantarse a una distancia insultantemente corta de Lasso.

—¿Acaso le hacen gracia mis palabras, cretino?

—Disculpe, señor Storm. No quería faltarle al respeto, pero reconozca que sus palabras son un poco chocantes.

—¿No cree usted en los antiguos dioses?

Marta pudo ver cómo la nuez de Lasso se movía. «Traga saliva, traga», se dijo, contenta de que ahora quien lo estuviera pasando tan mal fuera aquella sabandija.

—Mire, señor Storm, yo ya he cumplido mi parte. Si usted…

—Silencio. Ya le enseñaré lo que es el respeto. Ahora tengo mucho que hacer. Quédese aquí y no se le ocurra tocar nada.

Storm se volvió a Marta y le dijo con un tono menos seco:

—Espera aquí también, jovencita. No tardaré demasiado en salir, y aún tengo que explicarte algunos detalles más. Tu tarea no ha terminado.

Storm guardó de nuevo las urnas en la caja, la tomó y salió del despacho por una puerta blanca que había detrás del escritorio. Pudieron oír cómo corría el cerrojo.

Lasso se relajó y miró a Marta.

—Mejor será que le sigamos la corriente —susurró—. Ese tío está como una cabra.

Marta se cruzó de piernas, sin dignarse a contestar. Seguía muy asustada, pero ahora había alguien más que tenía motivos para pasar miedo. No le gustaría estar en el pellejo de Lasso.

A decir verdad, ni siquiera le gustaba estar en su propio pellejo.

* * *

Estuvieron mucho rato sin intercambiar ni una palabra, entregados cada uno a sus pensamientos. Tal vez pasó una hora así. Por la persiana negra empezaba a clarear, pero la luz del amanecer no era la que esperaba Marta: parecía más débil. La noche había sido despejada. Ahora, sin embargo, tenía la sensación de que estaba nublado. Se dio cuenta de un vago rumor en el que antes no había reparado, tal vez un trueno lejano.

Lasso debió de pensar lo mismo que ella. Se acercó a la ventana y apartó un poco las persianas. Dio un silbido de asombro y las subió del todo.

—La que se está preparando…

Marta se levantó y fue a la ventana, cuidando de

mantenerse a una cierta distancia de Lasso. Aquella ventana daba al Norte. Desde la sierra, una formación de nubarrones se dirigía hacia la ciudad, como una negra e inmensa escuadra de siniestros buques de guerra. La tormenta crecía a ojos vistas. Rayos de una potencia sobrenatural saltaban de nube en nube, y pronto empezaron a caer sobre los pararrayos de los edificios. Un trueno sacudió la torre. Pronto estarían en el corazón de la tormenta.

La puerta blanca se abrió de golpe y Storm entró en el despacho. Ya no era la misma persona.

Parecía más alto y fuerte que antes. El traje azul que llevaba le quedaba ahora pequeño. No se le veía pálido, aunque su color actual tampoco era muy natural. El rostro y las manos estaban teñidos de un rojo intenso, como si estuviesen a punto de rezumar sangre. En el cuello y las sienes, las venas le palpitaban como gruesas lombrices que escarbaran bajo su piel.

Storm levantó un dedo y señaló a Lasso.

—¡Tú!

Lo más aterrador era su mirada. El ojo derecho observaba a Lasso con ira, y Marta lo reconoció por el odio tan intenso que había percibido al contemplarlo en la urna. El izquierdo era una bola de oro y resultaba todavía más estremecedor.

—¡Me has fallado!

La voz de Storm también había crecido, como su cuerpo, y ahora retumbaba llena de armónicos. Parecía haber dos voces en su pecho, con un leve desfase que creaba una desconcertante sensación de eco.

Marta supo que iba a ocurrir una desgracia y se alejó al otro extremo del despacho, lo más apartada posible de Lasso.

—Me dijiste que lo habías dejado encadenado —dijo Storm—. Pero Iluyanka se ha soltado.

—¡Es imposible, señor Storm! —protestó Lasso—. ¿Cómo lo sabe?

—¡Porque Iluyanka viene hacia aquí! ¿Ves este ojo? —preguntó con odio, señalando la bola de oro de su órbita izquierda—. Debería ser como el otro, pero debido a tu negligencia no he tenido tiempo...

Storm avanzó inexorable hacia Lasso. Éste sacó la pistola de debajo de la cazadora, la aferró con ambas manos y apuntó a Storm. Aunque era corto, el cañón del arma temblaba visiblemente.

—¡No dé un paso más!

Marta lo observaba todo parapetada detrás de un sillón verde. Hubo un instante que pareció congelarse en una fotografía.

Después, Storm sonrió cruelmente y levantó la mano derecha. Las venas de la muñeca le palpitaban como si fueran a estallar.

Todo ocurrió a la vez. El cristal de la ventana saltó en pedazos, un trueno espantoso sacudió el edificio hasta los cimientos y un rayo entró en la estancia, buscando a Lasso. Los aullidos de dolor de éste se confundieron con el grito de terror de Marta. La descarga se prolongó durante un tiempo innatural, sacudiendo con sus garras de plasma el cuerpo de Lasso. Cientos de chispas saltaban de sus piernas y sus brazos, de su cabeza, buscando el metal que había en los muebles cercanos.

Por fin, Storm bajó la mano y todo acabó. El cuer-

po de Lasso se desplomó, roto y flácido, sobre la moqueta verde. Por la ventana rota, entraba un viento helado que no lograba borrar el espantoso olor a carne quemada.

Storm se acercó a Marta en tres zancadas y la cogió de la mano.

—¡No me toque! —gritó la muchacha.

—Ven conmigo y no provoques más mi ira. Hacía mucho que no sentía este calor en mi cuerpo… y es peligroso.

Marta vio con horror cómo la frente de Storm se perlaba de gotitas de sangre que cubrían su piel. Él, dándose cuenta de que la muchacha le miraba, se secó con el dorso de los dedos. Al verlos manchados de rojo, chupó su propia sangre y sonrió.

—Es un placer sentir mis venas de nuevo. ¡Ven conmigo!

Tiró de ella fuera del despacho. Aquella noche Marta había sentido en su muñeca el apretón de Lasso y el de Volpiani, pero los dedos de Storm eran mucho más fuertes. Casi tuvo que correr para seguirle el paso, convencida de que si se rezagaba le arrancaría la mano.

Al salir del apartamento se les unió el gigantesco Volpiani. Sus ojillos diminutos se abrieron un momento, sorprendidos por la metamorfosis de su jefe, aunque no dijo nada. Caminaron por otro pasillo, Storm abrió una puerta metálica de una patada y emprendió la subida de las escaleras de servicio.

Otra puerta los llevó a la azotea del edificio. Con su paso frenético, Storm arrastró a Marta hasta el borde y la obligó a asomarse.

—¡Contempla mi poder!

El espectáculo era sobrecogedor. Abajo, sobre los demás edificios, que desde las alturas de la torre parecían hundidos en las profundidades, se había formado una espesa niebla, como si la ciudad tuviera una gigantesca alfombra de vapor. Allí, en la azotea, el viento soplaba con tal fuerza que hubiera derribado a Marta de no ser por la mano férrea de Storm. En las alturas las nubes estaban terminando de cerrarse, tal vez a doscientos metros sobre sus cabezas, creando una bóveda negra e impenetrable. Los relámpagos, incesantes, iluminaban la escena con sus luces fantasmales, sustituyendo a la luz del Sol, aunque tal vez ni siquiera había salido.

Marta creyó encontrarse fuera del mundo. El universo se había reducido al espacio que había entre la niebla de abajo y las nubes. Madrid entera había desaparecido de su vista: sólo existía la torre.

—Por allí viene él.

Storm señaló hacia el Oeste. Su único ojo debía de ser tan agudo como el de un águila, porque Marta no consiguió distinguir nada entre la negrura que había sustituido el horizonte.

—¿No lo ves? Ahora lo verás…

Con una voz tan poderosa que incluso se levantó sobre el fragor de la tormenta, Storm recitó unas palabras en un idioma desconocido. A Marta le parecieron llenas de poder. En un lugar al Oeste, donde esforzándose mucho podía vislumbrar la maciza silueta del hospital militar, se concentraron los rayos en un resplandeciente paraguas de electricidad.

—Los está esquivando —gruñó Storm, y Marta no supo a qué se refería—. La Tierra te protege, maldito. Pero cuando te acerques más a mí…

Storm se volvió hacia Volpiani. El hombretón estaba tan blanco como antes lo había estado su jefe. Marta supuso que las tormentas le daban miedo. A ella misma, a pesar de que siempre le habían gustado, le asustaba, pues se trataba de una tormenta realmente pavorosa, sobrenatural.

—¡Coge a la doncella y llévala allí! —ordenó Storm, señalando hacia la caseta por donde salían las escaleras a la azotea—. Que no se mueva.

Volpiani asintió. Storm le pasó a Marta de un empujón, como si fuera un monigote, y volvió su atención hacia el Oeste.

El viento era tan feroz que tuvieron dificultades en llegar hasta allí, pese a la fuerza de Volpiani. Junto a ella había una barandilla de metal, que llevaba hacia un depósito de agua. Parecía un buen agarradero para resistir el vendaval. Volpiani se aferró a ella con la mano izquierda, y con la derecha volvió a apretar la muñeca de Marta.

—No hace falta que me arranque la mano.

—Cállate o lo que te arranco es la cabeza.

El hombretón estaba descompuesto. No dejaba de echar miradas llenas de pavor a la antena del pararrayos. Las descargas caían sin cesar, pero, por el momento, respetaban la torre, pese a que era mucho más alta que los edificios que la rodeaban.

Marta miró fugazmente a su espalda, a la puerta que daba a la escalera. Sólo había un par de metros hasta allí, aunque era una distancia insalvable si no lograba zafarse de Volpiani. Aquel hombre era un Hércules, y el miedo a la tormenta hacía que apretara aún más fuerte.

Marta esperaba que tarde o temprano un rayo, algún rayo más potente o que cayera más cerca, hiciera que Volpiani soltara su presa. La azotea de la torre Gaudí se estaba convirtiendo en un lugar cada vez más inseguro.

* * *

—¡Me has traído al infierno! —gritó Argi, entre los truenos.

—Tú querías cabalgar un dragón —le contestó Iluyanka—. No es hora de reproches.

Tras la gran cresta que festoneaba la cabeza del dragón, Argi no podía ver lo que tenía por delante. Pero a los lados podía observar las formas de los edificios, borrosas entre las brumas, que pasaban demasiado cerca y demasiado rápido para su tranquilidad. Iluyanka volaba rozando con su panza la capa de niebla.

—¿Por qué vuelas tan bajo? —chilló Argi.

—Cuanto más cerca de la tierra esté, mejor para nosotros y peor para mi enemigo.

—¿Por qué?

—Porque ella me protegerá.

De súbito la furia del cielo se desató sobre ellos. Argi se aferró a los cuernos que lo sostenían sobre el cuello del dragón y trató de esconder la cabeza entre los hombros para no ensordecer. Si antes le había parecido el infierno, aquello era el padre de todos los infiernos. Los rayos los rodeaban por todas partes, creando una claridad de mediodía bajo el pesado techo de nubes. Y los truenos se fundían unos con otros en una trepidación capaz de arrancar a la tierra de sus raíces.

—¡No será así, muchacho! —bramó el dragón, leyéndole de nuevo el pensamiento—. Las raíces de la Tierra son tan sólidas que Teshub no podría removerlas aunque invocase cien tormentas como ésta. ¿No ves cómo los rayos no nos alcanzan? Ella los está apartando, los está recibiendo todos en su seno para protegernos.

Argi preguntó quién era Teshub, pero no llegó a oír sus propias palabras. Iluyanka contestó, a su voz o a su pensamiento.

—Creo que ahora le llaman Storm. Pronto lo conocerás.

A la derecha, un helicóptero de control de tráfico venía directo hacia ellos. Argi se estaba imaginando la cara de asombro del piloto cuando tres rayos fulminaron el vehículo. El helicóptero cayó, envuelto en llamas, y su forma se perdió entre la niebla. La explosión final compitió durante un momento con los truenos.

—¡Por favor, bájame de aquí! —chilló Argi, convencido de que iban a seguir el mismo destino del helicóptero y sus infortunados tripulantes.

—Ya no hay más remedio que seguir hasta el final —contestó el dragón—. Además, tienes algo que hacer. Debes mantenerte bien escondido detrás de mi cresta hasta que yo te diga.

* * *

Storm renunció por el momento a sus ataques y se acercó, con paso tranquilo, hacia la barandilla donde Marta y Volpiani resistían como podían el embate del viento. A él, sin embargo, no parecía afectarle.

Se detuvo a unos cinco metros de ellos y dijo:

—Tu amigo está a punto de llegar.

Marta oteó en la lejanía; seguía sin ver nada. Storm sacudió la cabeza.

—Hacia allí no. Vuela muy bajo. Lo verás cuando remonte.

Y lo vio.

El dragón llegó majestuoso y tranquilo. Marta vio primero sus alas, en el punto alto de su batida. Aunque flexibles, se veían poderosas, más sólidas que las de un Boeing. En el siguiente impulso, apareció sobre el borde de la azotea la cabeza, coronada de cuernos, y después el cuerpo, grande y poderoso como el de una ballena. El dragón se elevó unos metros sobre la azotea y después se dejó caer sobre sus patas, gruesas como árboles milenarios. Las garras arañaron el cemento, y todo el edificio se estremeció bajo el peso del dragón.

Iluyanka se había posado sobre la cruz roja que señalaba el lugar para los helicópteros, pero apenas cabía en la pista y había aplastado varias antenas y algunos bidones de metal que había alrededor. La extensa azotea de la torre Gaudí había quedado empequeñecida al convertirse en el nido de aquella gigantesca criatura de escamas plateadas.

Storm permaneció en el mismo sitio, a pocos pasos de la cabeza del dragón, sin acobardarse por su presencia. Marta pensó que Iluyanka era tan gigantesco y poderoso que a su lado Storm parecía un hombrecillo insignificante.

Él mismo debió de darse cuenta de que la magnitud del dragón lo empequeñecía. Pensando en impresionar a su enemigo, o tal vez a su reducido público, levantó el brazo derecho. Los elementos volvieron a obedecerle: una pavorosa descarga cayó sobre el pararrayos de la torre y la sacudió hasta los cimientos. Marta estuvo a punto de rodar por el suelo, pero Volpiani la sujetó con su mano de acero.

El dragón no parecía asustado. Era improbable que una criatura así pudiera asustarse. Pero Marta se dio cuenta de que Storm, aunque más débil de aspecto por su pequeñez, contaba con el poder de la ilimitada extensión del cielo.

«No temas, Marta», dijo un pensamiento que no le pertenecía. Era la hermosa voz del Hombre Gris, sonando dentro de su cabeza. «El poder de la Tierra tampoco es despreciable. Pero tú debes alejarte de este lugar. El fuego y el rayo pueden agostar la flor más espléndida.»

Marta miró a los ojos del dragón, que eran dos enormes brasas con una ranura negra en el centro. Aunque no podrían haber sido más inhumanos, de alguna manera seguían siendo los del Hombre Gris.

Storm le dijo algo al dragón, y éste contestó con su voz profunda. Hablaban en un lenguaje extraño, tal vez el mismo que había utilizado Storm para invocar a la tempestad contra Iluyanka. Marta creyó reconocer alguna palabra, como si aquella lengua tuviera un aire de familia con el latín o el griego, pero no entendió nada.

Mientras dialogaban, o más bien discutían, porque el tono era cada vez más airado y las voces se imponían sobre el viento y los truenos, el dragón empezó a hacer unos movimientos extraños. Primero extendió sus alas, aunque no hizo ningún intento de levantar el vuelo, y luego empezó a girar poco a poco sobre las patas, de modo que su ala izquierda, barriendo el suelo, se aproximó a ellos hasta que la punta llegó a unos seis o siete metros.

¿Qué pretendería con eso? No parecía una amenaza dirigida a Storm, porque las alas no eran el arma más formidable del dragón. Marta miró de reojo y comprendió.

Entre el ala y el suelo de la azotea corrían unas zapatillas rojas. El corazón de Marta dio un vuelco. Aquel calzado era inconfundible. ¡Argi había decidido convertirse en héroe y acudir en su rescate!

Marta miró a Volpiani. Estaba extasiado, contemplando la cabeza del dragón; a pesar de ello no soltaba su presa. La puerta que daba a la escalera estaba cerca, pero antes tenía que librarse de aquella manaza.

Si Argi hubiera sido el héroe de sus sueños, se habría plantado delante de Volpiani y lo habría derribado de un certero puñetazo. Pero el pobre era un *tirillas* y hubiesen hecho falta cuatro como él sólo para rellenar la chaqueta de Volpiani.

Ahora ya no se veía a Argi. A buen seguro estaba escondido detrás de la punta del ala, esperando su oportunidad. Marta entendía que se lo estuviera pensando. Había más probabilidades de que a Volpiani le diera un infarto allí mismo que de que Argi lograra abrirle tan siquiera un dedo para que ella pudiese escapar.

Para colmo, Argi asomó la cabeza por detrás del ala y saludó con la mano. Marta puso un gesto de horror. ¿Qué pretendía ese chalado? Por suerte, Volpiani no le había visto.

La conversación entre el dragón y Storm había subido mucho de tono. Marta temía que empezaran a desplegar pronto toda su pirotecnia. Storm estaba levantando de nuevo una mano, e Iluyanka alzaba el cuello para parecer aún más grande.

«A quien se ayuda, Dios le ayuda», se dijo Marta. Una mujer puede tener un arma más primitiva y eficaz que los puños.

El gorila seguía sujetando su muñeca izquierda. Marta le agarró la manaza con su derecha, para que no se le escapara, ¡y le mordió con todas sus fuerzas! Apretó tanto que sintió los tendones de la mano de Volpiani entre sus dientes, pero no soltó su presa. El gorila hizo lo que ella esperaba: lanzarle un sopapo capaz de tumbar a una vaca. Marta lo tenía previsto y se agachó; aun así, Volpiani la alcanzó de refilón y la mandó contra el suelo.

—¡Maldita zorra, te voy a...!

Mientras se incorporaba, Marta vio cómo Volpiani levantaba un pie, dispuesto a patearla como un elefante vengativo. Y en ese momento apareció Argi. El muchacho, con una decisión inteligente, no se lanzó directamente contra el rocoso cuerpo del matón. En vez de eso, se dejó resbalar por el suelo y atacó como un defensa central de fútbol, con los dos pies por delante y directo al tobillo. La entrada era merecedora de tarjeta roja, pero consiguió que Volpiani trastabillara y diera con sus más de cien kilos en el suelo. Con la agilidad de una anguila, Argi se escabulló por debajo de su corpachón y ayudó a Marta a levantarse.

—¡A correr!

No hacía falta que lo hubiera dicho. Marta empujó con las dos manos la barra de metal que cerraba la puerta, y ambos se precipitaron hacia la escalera. No se molestaron en intentar bloquear la puerta. Sabían que no podrían impedir que Volpiani la abriera.

* * *

Iluyanka había logrado distraer por unos minutos la ira y la atención de su enemigo con la típica y marrullera conversación draconil. Pero Storm le odiaba tanto y tenía tantos deseos de aniquilarle que no podía esperar un segundo más. Los muchachos tenían ahora la oportunidad de escapar.

Era el momento de terminar lo que había dejado a medias hacía cinco mil años.

* * *

Los chicos bajaron al rellano del último piso, con la esperanza de encontrar un ascensor. Había cinco seguidos, que desgraciadamente de poco les servirían. La electricidad, como era de esperar con aquella tormenta, estaba cortada. Sólo funcionaban los pilotos de emergencia, que tenían sumida la planta en una inquietante penumbra.

En ese momento empezó arriba la pirotecnia que tanto había temido Marta. El techo tembló y por la escalera de servicio apareció Volpiani, como alma que lleva el diablo, perseguido por un chorro de llamas. El gigante resbaló, se estrelló contra una pared, rebotó y arrancó otra vez a correr. Venía hacia ellos y no parecía haber escapatoria. Marta miró desesperada a las puertas cerradas de los ascensores.

—¡Apartaos de mi camino! —rugió el hombretón.

Marta y Argi se separaron justo a tiempo de que Volpiani pasara entre ellos como un búfalo en estampida. El matón, pensando ya sólo en salvar su propio pellejo, dobló la esquina del rellano y desapareció de su vista.

Se quedaron un instante mirándose. Un fluorescente del techo cayó a dos metros de ellos.

—¡Vámonos! —gritó Marta.

Es casi imposible correr cuando el suelo tiembla bajo los pies, pero los muchachos lo hacían para salvar sus propias vidas. Un cartel con una flecha rezaba «ESCALERA DE INCENDIOS», y hacia allá se encaminaron. El estrépito sobre sus cabezas era ensordecedor: viento, fuego, bramidos, todo ello mezclado en la caja de los truenos.

—¡Espera, Marta! —gritó Argi.

La muchacha se detuvo. Junto a la puerta que daba a la escalera de incendios, había un ascensor con la luz blanca encendida.

—¡Sigue, Argi! ¿Es que estás loco?

—¡Es un ascensor de emergencia! ¡Debe de tener su propia corriente!

Argi pulsó el botón y esperó. Marta tiró de él.

—¡Se nos va a caer el techo encima!

—Si cogemos el ascensor llegaremos en seguida abajo.

—¿Pero cuánto va a tardar en llegar?

Mientras discutían, la puerta se abrió. Entraron en tromba y durante unos segundos no fueron capaces de salir de allí, porque en su precipitación por dar a todos los botones apretaron también el que mantenía abiertas las puertas.

Por fin, el ascensor se puso en marcha. Era realmente rápido. Se abrazaron, sintiendo cómo el estómago les subía hacia la boca. Pero era una emoción menor comparada con todo lo que estaba sucediendo. En su descenso sufrieron varias sacudidas y temieron más de una vez que el ascensor se detuviera. Al fin, la cabina se paró en la planta baja.

Marta y Argi corrieron hacia la salida. Junto a las puertas había unos tornos de entrada. Dos guardias de seguridad impedían el paso a varias personas que, por increíble que pareciera, pretendían entrar al edificio.

—Hagan el favor de salir de aquí —decía uno—. Hemos avisado a los bomberos y no tardarán.

El otro guardia se quedó mirando a Marta y Argi y les señaló con la porra.

—¿De dónde habéis salido vosotros?

—¡Del infierno! —gritó Argi, saltando por encima de un torno.

Marta, más responsable, se detuvo un momento junto a los guardias.

—¡Salgan ustedes también! ¡Tienen que irse lo más lejos posible!

—¿Qué está pasando ahí arriba? ¿Qué habéis hecho?

Marta se escabulló del brazo del guardián y corrió detrás de Argi, mientras gritaba:

—¡Váyanse! ¡Fuera!

El insólito espectáculo debió de convencer a aquel grupo de esforzados trabajadores de que mejor sería que sus oficinas ardieran sin ellos, y todos abandonaron rápidamente el edificio.

Ya en la calle, lo primero que hicieron los muchachos fue poner cierta distancia entre ellos y el edificio. Cruzaron la calle, llegaron a la plaza de la Séptima y se escondieron a medias tras una de las esculturas de piedra en forma de esfera que había en su centro. Sólo entonces se volvieron para mirar hacia arriba y conocer el desenlace de la batalla cósmica entre Storm e Iluyanka.

A unos cincuenta metros de altura, la bruma rodeaba la torre Gaudí, impidiendo ver lo que ocurría más arriba. Las calles, sin luz eléctrica, sin sol, estaban en penumbra. Tres coches de bomberos llegaron ante las puertas del edificio y sus dotaciones echaron pie a tierra para entrar. Había gente en la calle, y algunas personas asomadas a las ventanas, pero no demasiadas. Aquella zona era más de oficinas que residencial y los domingos se convertía casi en un barrio fantasma.

Sobre sus cabezas, la tormenta había llegado a su

apogeo. El fulgor de los rayos rasgaba las tinieblas y se hacía visible a través de la niebla. Argi agarró la mano de Marta y la apretó con fuerza.

—De la que nos hemos librado... —murmuró.

—Esto aún no ha terminado.

Más tarde, Marta recordó que creyó oír, entre los truenos, un rugido animal y un chillido humano fundidos en un solo sonido estremecedor. Pero tal vez su mente, imaginando lo que sucedía en la azotea de la torre Gaudí, había puesto de su parte lo que los oídos no eran capaces de distinguir.

De una manera tan sobrenatural como había empezado, todo acabó. Se hizo el silencio en las alturas y la electricidad volvió a las calles y a los edificios. La bruma empezó a disolverse y a revelar la fachada plateada de la torre. Marta dobló el cuello hacia atrás hasta que le dolió.

En las alturas, los nubarrones se estaban dispersando. Empezó a caer una lluvia fría, de gruesas gotas. Poco a poco se reveló el desastre. Los últimos cinco o seis pisos de la torre Gaudí estaban negros, abrasados.

Aquel edificio le había gustado a Marta, y siempre lo buscaba con la mirada desde la terraza de su casa en Madrid. Sin embargo, sonrió. Y la razón fue que, muy arriba, en un pequeño claro que se estaba abriendo entre las nubes, vio una lejana silueta negra que no podía ser un avión.

Los aviones no mueven las alas.

# *14. ¿Epílogo?*

*Miércoles, 4 de abril*

*Será mejor que me olvide de contarle a alguien todo lo que me pasó el sábado por la noche en Madrid, si no quiero que me tomen por loca.*

*En primer lugar, nadie me echó de menos. Mi tío estaba en Salamanca, y los compañeros de clase se dividen entre los que piensan que me perdí para* hacérmelo *con el de Inglés y los que creen que me* enrollé *con Argi. Algunos me han preguntado, en un tono muy sarcástico, qué diablos le he hecho a Lasso para que no haya vuelto en toda la semana. La primera vez me puse blanca como un papel, recordando lo que había pasado, pero ahora ya me voy acostumbrando. En el instituto andan un poco revueltos: supongo que es la primera vez que les desaparece un profesor. De todas maneras, yo no pienso contarles lo que ocurrió realmente.*

*Por cierto, Ruth no ha vuelto a hablarme desde que me vio con Lasso la otra noche. Espero que se le pase, y si no, peor para ella. No sabe de la que la libré.*

*Argi se llevó una buena bronca en su casa cuando llegó el domingo a la hora de comer. Por cierto, todavía me debe la mitad del billete de tren. No sé si no me lo ha pagado porque está enfadado conmigo o simplemente porque es un poco gorrón. Es un buen chico y muy valiente, y si no hubiera sido por él, no sé qué nos habría pasado a Iluyanka y a mí..., pero para el dinero sigue siendo un araña.*

*Hoy he pasado tanto bochorno que creí que me moría. Todo ha sido por intentar sincerarme con mi tío Germán. Llevo toda la semana buscando un momento para hablar con él, pero ha venido de Salamanca* enrollado *con María Jesús (¡aleluya!) y andan los dos como un par de bobalicones.*

*Hoy me las he arreglado para organizar una pequeña excursión a Raposas con ellos dos. Esperaba enseñarles el tesoro y la biblioteca de Iluyanka, y aprovechar la sorpresa que seguro que se iban a llevar para contárselo todo.*

*Cuando llegamos a la puerta del castillo me di cuenta de que el conjuro de protección seguía funcionando: María Jesús y mi tío empezaron a sentir ese extraño temor que afecta a todo el mundo que entra allí, menos a mí. María Jesús se negó en redondo a entrar y dijo que nos esperaba en el coche, fuera del pueblo. Me costó mucho convencer a mi tío, pero al final accedió.*

*La cosa no empezó tan mal. La trampilla del suelo le llamó la atención, y me preguntó que adónde lleva-*

*ba. Yo le dije que esperara, que se iba a llevar una sorpresa. ¡Vaya que sí!*

*Mi idea era ir primero a la cueva y enseñarle el oro del dragón. Menos mal que no quise decir nada antes de tiempo. Cuando llevábamos bajando tres o cuatro minutos, como mucho, nos encontramos con que la escalera se terminaba en una pared de roca que parecía haber estado siempre allí.*

*—Realmente, es una pared muy interesante. Me alegro mucho de que me la hayas enseñado —me dijo mi tío, con su sorna habitual.*

*Yo le dije que esa pared no estaba cuando había ido la última vez, y él me contestó que la veía demasiado sólida para ser de cartón piedra. Así que decidí callarme para que no siguiera burlándose de mí.*

*A la subida, me adelanté un poco para ver si encontraba la puerta secreta a la biblioteca. Antes de llegar, me di cuenta de que no iba a ser capaz. De todas formas lo intenté, aunque todas las piedras de la pared me parecían iguales. Al verme palpando, mi tío me preguntó si estaba buscando un pasadizo secreto.*

*—No sé, a veces estos castillos los tenían, ¿no? Imagínate si ahora aprieto aquí y se abre una puerta. Sería* guay*, ¿no? —le dije intentando disimular, aunque me parece que soné bastante falsa.*

*—Tienes mucha imaginación, sobrina. Cómo se nota que eres de Letras —me contestó él.*

*Así que salimos para no hacer esperar más a María Jesús. Menos mal que el castillo estaba muy oscuro. Así tío Germán no pudo ver que tenía las mejillas rojas como un tomate.*

*Mejor será que no vuelva a hablar de esto con nadie más excepto con Argi.*

*Me pregunto si volveré a saber algo de Iluyanka, mi Hombre Gris.*

* * *

Si no hubiera sido porque en los medios de comunicación aparecían referencias a los extraños sucesos de aquella noche, Marta habría llegado a dudar de todo, empezando por su propia cordura.

Durante varios días, Marta y Argi siguieron todas las informaciones que aparecían: leyeron los periódicos, escucharon la radio, vieron la televisión y buscaron en Internet. El conjunto que podía deducirse era confuso. Si ellos no hubiesen sido protagonistas, en el mismo centro de la acción, no habrían sacado nada en claro de todos aquellos datos.

Había, por supuesto, muchas referencias a la dantesca tormenta que había caído sobre Madrid sin aviso previo. Un helicóptero estrellado, dos transeúntes electrocutados, un anciano fallecido por un ataque al corazón, daños materiales de elevada cuantía, un apagón general de más de un cuarto de hora. Según el Instituto Nacional de Meteorología, jamás habían caído tantos rayos sobre la ciudad en tan poco tiempo.

¿Qué había causado los destrozos de la torre Gaudí? El edificio, según confirmaban los guardias de seguridad, había recibido el impacto de un rayo. Pero eso no podía explicar la destrucción casi total de la azotea y de los últimos pisos. Los peritos hablaron de llamas a una elevadísima temperatura. La cuestión era:

¿de dónde habían salido? No se encontraron restos de explosivos, sustancias químicas, ninguna pista. Y no sólo era el fuego: el edificio entero había sufrido tales daños estructurales que al final no quedó más remedio que derribarlo. Miles y miles de millones perdidos, y el orgullo de una ciudad arruinado por las brigadas de demolición.

Lo más increíble era que, en medio de aquella destrucción, los bomberos habían encontrado a un hombre aún vivo. Su cuerpo estaba abrasado, con quemaduras en prácticamente todo el cuerpo, y sin embargo sobrevivió. Nadie logró averiguar quién era. Lo último que supieron Marta y Argi de él era que «su estado seguía siendo de extrema gravedad».

En cuanto a la alucinación colectiva de la Plaza Mayor de Tarpeya, en la que más de cincuenta personas aseguraban haber visto a un dragón alado escupiendo fuego, a nadie se le ocurrió relacionarla con los sucesos de Madrid. Se habló mucho durante unos días, sobre todo en la prensa regional, aunque al cabo de una semana sólo las revistas de ciencias ocultas o noticias increíbles seguían con la historia del dragón.

—Desde luego, Argi, vaya idea que tuviste —le reprochó Marta—. Hacer que Iluyanka pasara precisamente por encima de la plaza...

—Pues lo volvería a hacer mil veces. ¡La lástima es que nadie me reconoció!

—Oye, ¿qué sentiste volando encima de él?

Argi resoplaba y ponía los ojos en blanco.

No era de extrañar que quisiese impresionar a Marta. Después de su huida de la torre Gaudí, había intentado besarla en los labios. Pero ella había girado la cara sólo un par de centímetros, en un gesto muy femenino y muy frustrante, y el beso de Argi había caído sobre la mejilla.

—Había bebido un poco, Argi —se disculpó Marta, cuando él le pidió explicaciones por el fugaz beso del parque—. No te lo tomes tan a pecho. Somos amigos, ¿no?

Argi refunfuñó un rato, y no volvió a mencionar el asunto. Era demasiado orgulloso para insistir. Y tenía la esperanza de poder tomarse la revancha: Marta, al final, intentaría besarle a él. Y entonces él podría apartar la cara.

Aunque mucho se temía que no lo iba a hacer.

* * *

Había algo más que no llegaron a saber Marta y Argi, porque no apareció escrito en ningún lugar. Cuando los bomberos hallaron al señor Storm, una ambulancia lo evacuó inmediatamente al hospital de la Paz. Allí se le hicieron las primeras curas. Los médicos fueron de sorpresa en sorpresa. En primer lugar, por el hecho de que un hombre con tan graves quemaduras estuviese vivo. En segundo lugar, por sus ojos; o, mejor dicho, por su ausencia de ojos: que tuviese una órbita vacía podía explicarse, pero que en la otra llevase una pequeña esfera de oro resultaba muy chocante.

Aunque lo más asombroso fue el resultado que mostró la pantalla del electrocardiograma. Aquel hombre no podía estar vivo: su línea era completamente plana. Las radiografías fueron aún más concluyentes. No tenía corazón.

Horas después, unos hombres trajeados y con gafas oscuras, que debían de pertenecer a algún organismo oficial ultrasecreto, se presentaron en el hospital para llevarse a aquel paciente imposible.

Los médicos que lo habían atendido no volvieron a verlo, y fueron amenazados con severas represalias si hablaban con los medios de comunicación. Sin embargo, durante mucho tiempo corrió por la Paz la escalofriante historia del hombre que no tenía corazón.

# *15. Bibliotecaria*

A mediados de junio, cuando salieron del examen final de Historia, Marta se acercó con aire misterioso a Argi y le apartó de los demás compañeros.

—Tengo algo para ti en mi mochila —le dijo—. ¿Te parece que vayamos a algún sitio tranquilo?

Argi, picado por la curiosidad, sugirió el parque de los Pinos, que estaba a unos cinco minutos del instituto. Mientras caminaban hacia él, le preguntó de qué se trataba, pero Marta se negó a darle pistas.

Se sentaron en un banco de madera, bajo la sombra de un gran plátano. Cuatro o cinco patos se acercaron a curiosear, aunque al ver que no les daban nada de comer, se marcharon rápidamente. Marta abrió la mochila y sacó de ella un grueso libro encuadernado en piel, de unos veinte centímetros de alto.

—*De telluris draconibus* —leyó Argi—. ¿Qué es esto?

—«Acerca de los dragones de la tierra». ¡Ábrelo, anda!

Argi hojeó el libro. Según rezaba dentro, era de 1687, y lo había escrito un tal J. H. Eremus. Estaba en latín, escrito a dos columnas, con letra muy apretada, y de vez en cuando había ilustraciones en las que aparecían dragones y otras criaturas fantásticas. El libro incluía una dedicatoria escrita con mayúsculas grandes y rectas, como talladas a cincel.

«PARA EL CABALLERO ARGI, EL ÚNICO HOMBRE QUE HA CABALGADO UN DRAGÓN.»

Argi se quedó mirando a Marta, con la boca entreabierta.

—¿De verdad que es para mí? Pero esto debe de valer una pasta...

—Es todo tuyo —Marta le sonrió—. Creo que vas a tener que aprender más latín si quieres leerlo.

Argi releyó la dedicatoria.

—Ha sido él... ¿Es que le has visto?

—No. Adivina dónde estaba el libro.

—¡Encontraste la puerta secreta!

—Sí, pero no le he dicho nada a mi tío. Algo me dice que si intento volver con él la puerta no se abrirá.

—¿Y conmigo?

Marta sonrió con picardía.

—Habrá que probar —señaló el libro que tenía Argi en las manos—. Este volumen estaba apartado de los demás, junto a una nota en la que me encargaba que te lo diera.

—¿Y a ti qué te ha regalado?

—Me ha nombrado guardiana de todos sus libros. ¿Qué te parece?

—¡Que fui yo quien le ayudó a quitarse la cadena! Es injusto.

Mientras Argi pasaba las páginas de su nueva posesión, maravillado por aquel texto que apenas lograba entender, Marta empezó a planear su futuro inmediato. Iba a tener que ponerse en forma con la bici para visitar a menudo su nueva biblioteca. ¿Y si se compraba una moto pequeña, de segunda mano? Tal vez podría trabajar en verano para reunir el dinero. Ésa sería una buena excusa: no tendría que volver a Madrid por el momento. Su madre no protestaría demasiado, y seguro que su tío Germán tampoco.

Y en cuanto al futuro más lejano, empezaba a aclarársele. Para el curso siguiente, volvería a escoger Latín y Griego, y cuando aprobara la Selectividad estudiaría Filología. Tenía que aprender idiomas, muchos idiomas para aprovechar todo el conocimiento que se guardaba en la biblioteca de Iluyanka. ¡Ella, que se había sentido orgullosa de tener tan sólo treinta libros, ahora debía guardar miles!

—¿Dónde estará?

La voz de Argi la sacó de su ensueño. Marta le miró sonriendo, se vio reflejada en sus gafas y se encontró guapa. Sabía que le gustaba a Argi, y tal vez él, dándole tiempo...

—¿Crees que volveremos a verlo? —insistió Argi.

Marta asintió. Estaba segura de que Iluyanka regresaría a visitar su biblioteca. Y, para entonces, esperaba darle una sorpresa: un libro, o más, muchos libros en cuyas portadas aparecería el nombre de la autora: Marta Mateos. Aún no sabía de qué iban a tratar, pero los escribiría. Seguro.

Imaginad lo que sería un mundo con dragones.

# COLECCIÓN PERISCOPIO

1. Margaret Mahy, *Espacios peligrosos.*
2. Giuseppe Bufalari, *La barca amarilla.*
3. C. Delstanches - H. Vierset, *No has muerto en Stalingrado.*
4. Pablo Barrena, *¡Que me parta un rayo!*
5. Roberto Piumini, *El estralisco.*
6. Carol Matas, *Jesper.*
7. Alice Vieira, *Chocolate con lluvia.*
8. Christiane Duchesne, *La verdadera historia del perro de Clara Vic.*
9. Manuel Quinto, *Las llaves del horizonte.*
10. Harvey Watson, *Bujero y Cucho.*
11. Carlos Ruiz Zafón, *El Príncipe de la Niebla.*
12. Luis Blanco Vila, *Memorias de un gato tonto.*
13. Renate Welsh, *Una corona de papel.*
14. José Mª Mendiola, *El Cementerio de los Ingleses.*
15. Gabriel Janer Manila, *Han quemado el mar.*
16. Xavier Bertran i Alcalde, *El vecino prohibido.*
17. Fernanda Krahn Uribe, *El otro techo del mundo.*
18. Agustín Fernández Paz, *Trece años de Blanca.*
19. Alfredo Gómez Cerdá, *A través del cristal empañado.*
20. Geofrey Trease, *Investigación en Calabria.*
21. Carlos Ruiz Zafón, *El Palacio de la Medianoche.*
22. Jordi Sierra i Fabra, *El asesino del Sgt. Pepper's.*
23. Pere J. Carbó, *La corta-rápid.*
24. Seve Calleja, *Querido sapo.*
25. Malcolm Rose, *Dosis letal.*
26. Joan Manuel Gisbert, *La Voz de Madrugada.*

27. José Mª Plaza, *No es un crimen enamorarse.*
28. María M. Vassart, *¿Y ahora qué?*
29. Els Pelgrom, *El Octavo Bosque.*
30. Carlos Ruiz Zafón, *Las luces de septiembre.*
31. Fernando Lalana, *El enigma N.I.D.O.*
32. Ricardo Masabeu, *Polizón de trapo.*
33. Julián Ibáñez, *No hay semáforos para los pumas.*
34. Patxi Zubizarreta, *Un violín para Maribelcha.*
35. Manuel Alfonseca, *Tras el último dinosaurio.*
36. José Antonio del Cañizo, *El castillo invisible.*
37. Montserrat Galícia, *Aterrizaje de emergencia.*
38. Carmen Gómez Ojea, *El diccionario de Carola.*
39. Andreu Martín, *Ideas de bombero.*
40. Ignacio Sanz, *Mi abuelo, el pirata.*
41. Evelyne Brisou-Pellen, *El anillo de los tres armiños.*
42. Anthony Horowitz, *El regreso de la abuelita.*
43. Manuel Quinto, *Sombras blancas.*
44. Jordi Sierra i Fabra, *Jugando en las sombras de la luz.*
45. Germán Diéz Barrio, *Un verano... faxcinante.*
46. Elifio Feliz de Vargas, *Un pie que hablaba inglés.*
47. Mª Carme Roca, *Una semana de brumas.*
48. Miguel Ángel Pacheco, *El monstruo del doctor Magnusson.*
49. Pepe Carballude, *Romería de desventuras.*
50. César Mallorquí, *El último trabajo del señor Luna.*
51. Milio Rodríguez Cueto, *Laura contra el tiempo.*
52. Pau Faner, *Las bodas del cielo y de la tierra.*
53. Manuel Quinto, *Doble dama.*
54. José Mª Mendiola, *El temblor de los monstruos.*
55. Máximo Sancho, *La legión de las sombras.*
56. Horacio Clemente, *De viaje.*
57. Manuel Mir, *El pulidor de escamas.*
58. Milagros Oya, *El dado de fuego.*

59. Karen Cushman, *El libro de Catherine.*
60. Vicenç Villatoro, *Tres días de gloria.*
61. Jordi Sierra i Fabra, *Donde esté mi corazón.*
62. Roberto Santiago y Jesús Olmo, *Prohibido tener catorce años.*
63. Renate Welsh, *Días oscuros.*
64. Elia Barceló, *El caso del artista cruel.*
65. Enrique Sánchez, *El gol imposible.*
66. David C. Hall, *El invento del siglo.*
67. Jordi Sierra i Fabra, *Los elegidos.*
68. Jesús Ballaz, *El hombre que se perdió a trozos.*
69. Blanca Álvarez, *El escritor asesino.*
70. César Mallorquí, *La cruz de El Dorado.*
71. Marliese Arold, *Miriam es anoréxica.*
72. José Mª Latorre, *El arrecife del miedo.*
73. Víctor Panicello, *El fatídico Día de Reyes.*
74. Lola Gándara, *Alejandra.*
75. César Mallorquí, *El maestro oscuro.*
76. Pasqual Alapont, *Un verano sin francesas.*
77. Armando Boix, *Aprendiz de marinero.*
78. Marisa López Soria, *Se ofrece chico.*
79. Manuel Alfonseca, *El sello de Eolo.*
80. Milio Rodríguez Cueto, *Mimí al volante.*
81. José María Latorre, *La incógnita del volcán.*
82. Cristòfor Martí i Adell, *La verdadera fortuna de J. Charpa.*
83. Javier Negrete, *Memoria de dragón.*
84. Lola Gándara, *La oscura luz del Tíber.*
85. Jaume Burgell, *Suicidio involuntario.*